葉月奏太

癒しの湯

若女将のおもてなし

実業之日本社

癒しの湯　若女将のおもてなし　目次

第一章　吹雪に抱かれて

1

　十二月のとある土曜日、田辺宏樹（たなべひろき）は行く当てもなく車を走らせていた。午前中に札幌（さっぽろ）を出て、かれこれ五時間は経（た）っている。とにかく、知り合いが誰もいない場所に行きたかった。気づくと国道274号線から国道241号線に入り、ひたすら東へと向かっていた。

　道路は雪で覆われていたが、出発直後は晴れていた。しかし、日勝峠（にっしょう）の手前から小雪が舞いはじめて、やがてひどい吹雪（ふぶき）になった。

　もちろん、スタッドレスタイヤを履いていたが、圧雪路面はスケートリンクのようにツルツルだ。そのうえ、吹雪で数メートル先も見えないなか、峠を越えるのは、かなりの危険をともなった。

ハンドル操作を誤ってガードレールを突き破ったら、雪山の谷底に真っ逆さまだ。万が一、助かったとしても気温は零下になる。すぐに救助されなければ凍死するのは間違いない。

（それならそれで構わない……）

心の片隅で、そんなふうに思っていた。

タイヤがスリップしても、視界が吹雪で遮られていても、引き返そうと思わなかった。

恐怖を感じなかったのは、投げやりになっていたからだ。心が荒(すさ)んでおり、もうどうなってもいいと思っていた。

（クソッ……）

宏樹は胸のうちで吐き捨てるとハンドルを強くにぎった。

会社から遠く離れたが、そんなことで忘れられるはずもない。考えたくないのに、どうしても頭に浮かんでしまう。

（どうして、俺が……）

苛立ちが募り、ついハンドルを強くたたいた。

宏樹は四十歳の商社マンだ。大学を卒業後、札幌に本社を置く中堅商社に就職した。以来十八年間、営業畑を歩んできた。

いまだに独身だが、女っ気がまったくなかったわけではない。ようやく、生涯をともにしようと思う相手に出会えた。これから、ますます仕事に情熱を注いでいくつもりだった。

男は仕事ができてなんぼという思いがあり、大きな契約を取ることに喜びを覚えていた。営業成績は常にトップスリーに入り、実際、会社にも貢献してきたと思う。それなのに、宏樹は苦境に立たされていた。

じつは、課長に不正の責任を押しつけられたのだ。

以前から課長の行動には不審なところがあった。確信はなかったが、薄々おかしいと思っていた。しかし、若いころからお世話になっていた上司だったため、つい見て見ぬ振りをしてしまった。

そういう自分の負い目もあり、社内調査の聞き取りでは、課長を庇う答弁に終始した。その結果、疑いの目が宏樹にも向いてしまったのだ。

課長はノルマ達成のため、循環取引に手を染めていた。ところが、宏樹が共犯と疑われても、課長は否定しなかったらしい。それどころか、自分の罪を少しでも軽くするため、宏樹に罪をなすりつけたのだ。

それが二週間前の出来事だった。

現在、課長は停職中で処分待ちの状態だ。宏樹は停職こそ免れたが、噂（うわさ）は瞬く間に広まり、社内で肩身の狭い思いをしている。誰も話しかけてこないばかりか、同じ会社で働いている恋人にもあっさりフラれてしまった。

――もう二度とわたしに話しかけないで。

彼女の放った冷たい言葉が耳の奥に残っている。

人事課に勤務する二宮直美（にのみやなおみ）は、六つ年下のおとなしい女性だった。もしかしたら、人生をいっしょに歩んでいけるかもしれない。そう思いはじめた矢先の出来事だった。

はじめて将来を意識する女性に出会えた。クリスマスにプロポーズをしようと密か（ひそ）に計画を練っていた。

（それなのに、まさか……）

心に受けた傷は大きかった。

結婚を考えていた恋人にフラれた。課長に裏切られたこともショックだったが、直美に信じてもらえなかったことがつらかった。

来週、社内調査の結果が出ることになっている。

停職中の課長はおそらく解雇になるだろう。直属の部下で嫌疑をかけられた宏樹もただで済むとは思えない。しっかり調査をすれば、宏樹が関与していないことはわかるはずだ。

しかし、課長の不審な行動に気づきながら、それを報告しなかった罪には問われるに違いない。

どれくらいの罪になるのか、さっぱりわからない。見せしめのため、それなりの罰が与えられるのではと宏樹自身は予想していた。

たとえ会社に残れたとしても、今までどおりにはいかなくなる。なにより、社内に広まった噂を消すことはできない。これから先、宏樹には一生ダーティなイメージがつきまとうだろう。

(俺はなにも悪くないのに……)

考えれば考えるほど腹が立ってくる。

いずれにせよ、来週には処分が言い渡されるはずだ。これまで会社につくしてきた結果がこれとは悲しすぎる。馬鹿馬鹿しくなり、こちらから辞表をたたきつけてやろうかとも思った。

だが、そんなことをすれば、不正を認めたと思われかねない。まじめに働いてきた自分が、どうしてこんな状況に追いこまれなければならないのか。不正に関与していないからこそ逃げたくなかった。

しかし、精神的に限界が来ていた。

この状況に嫌気が差して、どこか遠くへ行ってみたくなった。しかし、街に出ると会社の人間に会いそうだ。かといって、土日の休みにアパートに引きこもっているのもつらかった。

職場から離れたくて、車に乗りこんだ。

普段使いのショルダーバッグに一泊分の着替えと財布、それにスマホだけを詰めこみ、ふらりと旅に出た。

そして今、宏樹が運転する白いセダンは、国道241号線を道東方面に向かって走っている。

国道とはいえ、周囲に建物も街路灯もない田舎道(いなかみち)だ。前後を走っている車はおらず、すれ違う車もほとんどない。道はほぼ直線で、雪に覆われた森のなかをひたすら進んでいた。

やがて日が傾いてきたと思ったら、あっという間に暗くなった。

北海道の冬は昼が極端に短い。ヘッドライトを点けるが、吹雪いているので光が乱反射してしまう。前が見づらくて危ないので、スピードを落として走るしかなかった。

(そろそろ、宿を決めたほうがいいな)

いつしか時刻は午後五時をまわっていた。

このまま進めば阿寒湖だ。観光地なので宿はいくらでもあるだろう。予約はしていないが、ひとりくらい泊まれるのではないか。そんなことを考えながら走っていると、吹雪の向こうに青い道路標識がチラリと見えた。

直進すれば「阿寒湖温泉」で、右折すれば「オンネトー」と表示されていた。

(オンネトーか……)

ふと懐かしさがこみあげる。

学生時代、宏樹はオートバイに乗っていた。中古で買ったオンボロの250ccで、休みのたびに道内をツーリングするのが趣味だった。

ツーリングの目的地は温泉だ。若いころから温泉が好きで、いろいろなところに入りにいったものだ。なかでも大学二年の夏休みに訪れたオンネトーのことは鮮明に覚えていた。

オンネトーは人里離れた山奥にある湖だ。アイヌ語で「年老いた沼」「大きな沼」の意味があり、じつに神秘的な雰囲気が漂っている。見る角度や時期によって五色に変化すると言われており、宏樹が訪れたときはエメラルドグリーンに輝いていた。

オンネトーの周辺にも民宿があったはずだ。どうせなら、懐かしい場所を訪れてみようと思った。

吹雪のなか、脇道が見えた。右にウインカーを出すと、慎重にハンドルを切った。やはり街路灯はなく、道はさらに細くなっている。だが、あとは道なりに進めばオンネトーに着くはずだ。

（二十年ぶりだな）

久しぶりにいやなことを忘れられるかもしれない。

今日はもう暗いので無理だが、明日の朝になれば湖を見ることができる。どんな色に輝いているのか、今から楽しみだった。

ところが、いつまで経っても宿の明かりが見えてこない。

国道を右折してから、すでに三十分は走っている。いつしか道が緩やかな登り坂になっているのも気になった。

（おかしいな……）

道を間違えたのだろうか。

二十年前と同じとは限らないが、今、走ってきた感じだと一本道だった。少なくともメインの通りからはそれていない。

（いや、この視界だぞ）

吹雪は先ほどよりもひどくなっている。

しかも、街路灯がないので、周囲がよく見えない状態だ。分かれ道や脇道を見落としている可能性も否定できない。そもそも、国道から右折するときに間違っていたのではないか。

そんなことを考えているうちに、道はさらに細くなり、坂の角度も急になっていた。積雪量も明らかに増えている。

（やっぱりおかしい……絶対に間違ってる）

こんなに急な坂道を登った記憶はない。どつぼにはまる前に戻るべきだ。しかし、道は狭くなる一方で方向転換する場所がなかった。

（まずい……まずいぞ）

焦りばかりが大きくなっていく。

そのとき、ガクンッという激しい衝撃があった。タイヤが溝にでもはまったのか、車体が助手席側に大きく傾いている。アクセルを踏むが、車はまったく進まない。タイヤの空回りする音だけが虚しく響いた。

「や、やばいっ」

宏樹は思わず顔をしかめた。

どうやらスタックしたらしい。北海道の冬道ならめずらしくないが、人のいない山奥で動けなくなるとは最悪だ。ギヤをバックに入れて、アクセルを踏んでみる。だが、タイヤが空転するだけで抜け出せなかった。

こうなったらスノーヘルパーを使うしかない。いざというときのために、スタックから脱出するための道具をトランクに積んでいた。宏樹は車から降りて、スノーヘルパーを取り出してタイヤの下に噛ませた。

積雪が深く、脚が膝下まで埋まってしまう。吹雪は横殴りで、あっという間に全身が雪まみれになった。やっとのことで運転席に戻り、再びアクセルを踏んでみる。しかし、結果は変わらなかった。

(クソッ、ダメか)

これ以上つづけても時間の無駄だ。助けを呼ぶなら早いほうがいいと、スマホを取り出した。

（なっ……ウソだろ）

タップしようとして愕然とする。山奥のせいか圏外で通じない。もちろん、メールも送れなかった。

（まいったな……）

この手の事故は北海道で度々起きている。だが、まさか自分が当事者になるとは思いもしなかった。

こういう場合の選択肢はふたつだけ。車のなかで吹雪が収まるのを待つか、歩いて助けを求めに行くか。

外は零下なので、ヒーターの効いている車内にいるほうが安全な気もする。しかし、じきに車は雪で埋まり、マフラーから排出できなくなった排気ガスが車内に充満してしまう。一酸化炭素中毒を避けるため、結局、エンジンを切るしかなくなるのだ。

知らない土地で外に出れば遭難するかもしれない。だからといって、車のなかにいても助けが来ると思えなかった。

（行くしかない）

じっとしていても死を待つだけだ。

宏樹はブルゾンのファスナーを首もとまで引きあげると、ショルダーバッグを斜めがけした。

気合を入れてドアを開ける。とたんに凄まじい風と雪が車内に吹きこんだ。一瞬で冷気が全身を包みこむ。気圧されそうになるが、危険を承知で吹雪のなかに踏み出した。

いきなり、足が雪のなかに埋まる。先ほどは膝下だったが、もう膝が隠れるほど雪が積もっていた。

とにかく、来た道を戻るしかない。見逃したであろう宿を発見できるかもしれないし、幹線道路に出れば車が通りかかるかもしれなかった。

（ううっ、冷たい）

革靴のなかに雪が入りこみ、体温で溶けていく。スラックスも瞬く間に、ぐしょ濡れになっていた。早くしないと、今度は濡れた服が凍ってしまう。靴底には滑りどめ加工が施されているが、これだけ雪が深いとどうにもならない。

「くっ……」

足を取られながらも、なんとか歩き出した。

まっ暗なのでスマホのライトで周囲を照らす。しかし、横殴りの吹雪が視界を阻み、方向がよくわからない。車の轍もすでに雪で消えているため、慎重に歩を進めるしかなかった。

雪のなかを歩くのは体力を使う。宏樹は昔から筋肉質で、しかも通勤には自転車を使っているので脚力は自然と鍛えられている。それでも、雪に埋もれながら歩くのはきつかった。

(それに……)

スマホの充電が切れてライトが使えなくなったら一巻の終わりだ。

暗闇のなかで方向を把握できると思えない。動いたのは失敗だったのではないか。車にいたほうが助かる確率は高かったのではないか。不安に襲われて背後を振り返る。だが、もう吹雪に視界を遮られて車は見えなかった。

進んでも戻っても地獄だ。

それなら歩きつづけるしかない。雪で埋まった坂道をくだっていく。吹きつける雪で上半身もまっ白になっていた。

歩いても歩いても景色は変わらない。周囲は雪に閉ざされている。まるで白い悪魔に囚われてしまったようだ。どんなに目を凝らしても、宿の明かりは見えなかった。

体温もさがりつづけている。手足の指先が痺れて、感覚が薄れてきた。最初は痛みがあったが、それすらも感じなくなってきた。このままでは、すぐに動けなくなってしまう。

焦りが生じるが、この雪では走れない。心ばかりが急いて、無駄に体力を消耗していく。

「うっ……」

足が滑ってバランスが崩れた。なんとか体勢を立て直そうとするが、どうにもならず前のめりに倒れこんだ。

雪がクッションになってくれたおかげで痛みはまったくない。しかし、ついに体力が底をついて動けなくなった。

（こ、こんなところで……）

ふと雪のなかで息絶えている自分の姿が脳裏に浮かんだ。その瞬間、無意識のうちに藻掻(もが)いていた。

　握りしめていたスマホをブルゾンのポケットに押しこむと、両手を雪について体を起こそうとする。ところが、手がズボッと沈みこんでしまう。顔まで雪に埋まり、息ができなくなった。

「うはっ」

　懸命に顔をあげて、なんとか呼吸を確保する。そのとき、一瞬、吹雪が途切れて明かりが見えた。

（あれは……）

　遠くに建物がある。宿かもしれない。そう思ったのだが、今度こそ本当に体が動かなかった。

（クソッ、これまでか……）

　あと一歩のところまで来たが、全身が凍りついたようになっている。指一本動かすことができず、気力も完全に萎えていた。

　このまま人知れず死んでしまうのだろう。

　思えばつまらない人生だった。情熱を注いできた仕事で、最後は不正の疑いをかけられた。社内調査の結果が聞けなかったのは心残りだが、どうせろくなことにはならないだろう。

（俺の人生、こんなもんか）

腹のなかで吐き捨てた。

このへんで終わらせるのが、ちょうどいいのかもしれない。宏樹は諦めの境地で静かに目を閉じた。

とにかく寒い。寒いと感じているうちは、まだ死ねないのではないか。だが、やがて睡魔が押し寄せてきた。

「大丈夫ですか？」

ふいに声が聞こえた。女性の声だ。

（ついに幻聴まで……）

寒さのあまり精神に異常を来しているのかもしれない。こんなところに人が来るはずもなかった。

「しっかりしてください。聞こえますか？」

また声が聞こえた。

先ほどよりも声が近かった。その直後、体がグラグラ揺れた。どうやら揺さぶられているらしい。

「うぅっ……」

凍りかけている瞼（まぶた）を持ちあげた。

眩（まばゆ）い光が目に飛びこんでくる。懐中電灯の光だ。誰かが宏樹の顔をのぞきこんでいた。

「な……直美」

かつての恋人の名前を口走った。

そんなはずはない。頭の片隅ではわかっている。あれほど冷たく別れを告げた彼女が、こんな山奥まで追いかけてくるはずがない。願望が幻覚を見せているにすぎなかった。

どうやら最期のときが来たらしい。再び目を閉じようとしたとき、ふいに抱きしめられた。頬になにかが触れて、柔らかさと温かさが伝わってきた。誰かが頬を寄せているのだとわかった。

「大丈夫……もう大丈夫です」

耳もとでやさしい声が聞こえた。

最後の力を振り絞って瞼を持ちあげる。ほんの少ししか開かなかったが、息を呑（の）むほど眩い女性の姿が見えた。ファーのついた白いダウンコートを着ているせいか、まるで雪の妖精のように映った。

（ああっ……）

これほど清らかな女性がこの世にいることが信じられない。

いつしか雪の降り方が弱まり、見知らぬ女性が宏樹の肩を抱いていた。一瞬、夢を見ているのかと思った。目の前にひろがっているのは、それほどまでに幻想的な光景だった。

命を落としかけたというのに、ひと目で彼女に惹きつけられていた。

桜色の唇から溢れている白い息が、懐中電灯に照らされてダイヤモンドダストのようにキラキラ光っている。これは夢でも幻覚でもない。現実に起きていることだった。

（た……助かった）

ふいに双眸から熱い涙が溢れ出した。

つまらない人生に未練はなかったはずだ。それなのに、どうして俺は泣いているのだろう。

九死に一生を得てほっとしたのか、それとも彼女の美しさに感動したのか、自分でも理解できなかった。

2

宏樹は反射式ストーブの前で膝を抱えて座っていた。

濡れた服をすべて脱ぎ、腰にバスタオルを巻いている。肩には毛布をかけられているが、まだ震えが収まらなかった。

先ほどの女性に肩を支えられて、この建物までなんとか歩いてきた。

寒さのあまり頭がまわらなかった。彼女に導かれるまま気づくとストーブの前に座っていた。

体が温まるにつれて、手と足の指先がジンジン痺れてくる。血がめぐりはじめたのだろう。やがて手足が痒(かゆ)くなってきた。

彼女が歩み寄ってくる気配がしたが、まだ顔をあげる気力もない。うな垂れたまま、ストーブの熱気を全身に浴びていた。

「これを飲んでください。温まりますから」

目の前にマグカップが差し出される。宏樹は声を出すこともできず、会釈だけして受け取った。

両手でマグカップを包みこむ。甘い香りに誘われて口をつける。温かいココアだ。喉を通り、食道から胃に流れていくのがわかる。体の内側からも温かくなるうえ、ほどよい甘みもうれしかった。

「た、助かりました」

ようやく言葉を発する気力が戻ってきた。

「ありがとう……ございます」

なんとか礼を言って顔をあげる。すると、宏樹のすぐ隣で、彼女がひざまずいていた。

「唇の色が戻ってきましたね」

心配そうに見つめていたが、宏樹の顔を見て少しほっとしたようだ。小さくうなずいて微笑を浮かべた。

雪のなかで見たときと印象は変わらない。あらためて見ても、妖精のように美しい女性だった。

艶やかでふんわりした黒髪が、肩先に柔らかく垂れかかっている。笑うと幼い感じになるので年齢がわかりづらいが、おそらく二十代半ばから後半といったところだろう。

クリーム色のハイネックのセーターを着て、焦げ茶のフレアスカートを穿(は)いている。すぐ隣にいるので、胸もとの大きなふくらみが目に入った。

（ど、どこを見てるんだ……）

危うく死にかけたというのに、我ながら呆(あき)れてしまう。

慌てて視線をそらすと、心のなかで自分を窘(たしな)めた。しかし、乳房のまるみを目にしたことで、心の底から安堵(あんど)したのも事実だ。これが男の性(さが)というやつかもしれない。

「あの……ここは？」

邪(よこしま)な気持ちを隅に押しやり尋ねてみる。

今いるのは事務所らしき部屋だ。グリーンの絨毯(じゅうたん)が敷かれており、スチール製の事務机がある。壁ぎわの本棚にはファイルがぎっしりつまっていた。

「安心してください。ここは温泉宿です」

彼女が穏やかな声で説明してくれる。

ここは「癒しの湯」という名の温泉宿だった。部屋数はわずかに六つのこぢんまりした民宿だ。宏樹は吹雪のなかを歩いているうち、いつの間にか宿のすぐ近くまで来ていたらしい。

「わたしは、ここの若女将（わかおかみ）です」

つづけて彼女は自分のことを話してくれる。八橋桃香（やつはしももか）というのが、彼女の名前だった。

「も……桃香さん」

宏樹は恩人の名前をつぶやいた。

普段なら初対面の女性を、いきなり下の名前で呼んだりはしない。だが、今はまだ頭が朦朧（もうろう）としている。遭難しかけたところを助けられたこともあり、普通の精神状態ではなかった。

「す、すみません、つい……なれなれしかったですよね」

慌てて謝罪するが、桃香は柔らかい笑みを浮かべてくれた。

「桃香でいいですよ」

目を細めて見つめてくる。彼女と言葉を交わしていると、心がどんどん和んでいく気がした。

宏樹も簡単に自己紹介する。

助けてもらった手前、きちんと身分を明かしておくべきだと思った。名前と年齢、独身で商社に勤務していることまで包み隠さず語った。

　さすがに会社で不正を疑われていることまでは話さなかったが、ひとりでこんな山奥にいるのを不自然に感じたのかもしれない。不思議そうに首をかしげながら見つめてきた。

「こちらにはご旅行でいらっしゃったのですか？」

「え、ええ……まあ、そんなところです」

　詳しく話したくないので、あやふやな言い方になってしまう。話題をそらそうとして、宏樹はそのまま語りつづけた。

「オンネトー温泉に行くつもりだったんです。学生時代に一度だけ行ったことがあったんですけど、道を間違えたのかな。車がスタックしてしまって、電話も通じないから、仕方なく歩いたんですけど……」

「このあたりはとくに雪が深いですから」

　桃香の声はあくまでも穏やかだ。

　どうやら国道を曲がるときに道を間違えたらしい。桃香は吹雪が弱まったタイミングで、道路の様子を見るために外へ出た。そして、倒れている宏樹を発見したのだという。

「そうだったんですか。本当に助かりました。ありがとうございます」

あらためて礼を言うと、桃香は照れたような笑みを浮かべた。

「今夜は泊まってくださいね。お部屋なら空いていますから」

しばらくは大雪の予報で、もう外に出るのは危険らしい。そういうことならお世話になるしかなかった。

「急にすみません。お世話になります」

「車は雪がやむまで、動かすのはむずかしいですね。日曜日の夜までかなり荒れるみたいです。この様子だと月曜日もどうなるか……でも、ここなら携帯電話も通じます。お住まいはどちらですか？」

「札幌です。土日の休みに温泉にでも入ろうと思って……」

本当は職場から離れたかっただけだが、そこまで言う気はしない。とっさに温泉が目的だったことにした。

「わたしも、札幌に住んでいたことがあるんです」

「あっ、そうなんですか」

それだけで一気に親近感が湧きあがった。

「ＯＬをしていました。三年前にこちらの女将と知り合って、住みこみで働きはじめたんです」

桃香はそう言って微笑(ほほえ)んだ。

てっきり、経営者の娘か、跡継ぎ息子と結婚したお嫁さんだと思っていた。ところが、桃香は独身だという。

この温泉宿は、もともと年配の女将と寡黙な料理人であるその夫がふたりで経営していた。跡継ぎはいなかったが、三年前から桃香が加わり、今は三人で働いている。女将夫婦は子宝に恵まれなかったため、桃香のことを自分たちの子供のように可愛(かわい)がっているらしい。

しかし、女将は持病の腰痛が悪化して動けなくなった。実質、桃香が料理以外のほとんどの仕事をまかされているという。

「お若いのに、すごいですね」

率直な感想だった。

働きはじめてわずか三年で、温泉宿を切り盛りするのはかなり大変だろう。精神的にも肉体的にも、かなりのプレッシャーに違いなかった。

「若くないです。もう二十九ですから……」

そう言って桃香は睫毛(まつげ)を伏せるが、二十九歳はまだまだ若い。つい窮地に追いこまれている自分と比べてしまう。

（俺も、もう四十か……）

時の流れをしみじみと実感する。

二十九歳のころ、自分はなにをやっていただろうか。十一年前のことが、はるか遠い昔のような気がしてしまう。たかが十一年、されど十一年。そんなふうに考えること自体、年を取った証拠ではないか。

宏樹が二十九歳のとき、とにかく足を使って営業をしていた。まだ若手という意識があり、がむしゃらにやっていた時期で失敗も多かったと思う。彼女のような落ち着きはまったくなかった。

「女将さんにはお世話になりましたから」

桃香がぽつりとつぶやいた。

どうやら、女将に恩義を感じているらしい。

宏樹も若いころはあの課長にずいぶんよくしてもらった。仕事をいちから教えてもらい、失敗したときはいっしょに頭をさげてくれたこともある。だからこそ、課長が不正を働いていると信じたくなかった。

「もし……もしもですよ……たとえば――」

――女将さんに裏切られていたとしたら、あなたはどうしますか。

喉もとまで出かかった言葉をギリギリのところで呑みこんだ。

彼女の答えを知ったからといって、なにかが変わるわけではない。広い心で許すのか、それとも恨みを胸に抱いて生きていくのか。桃香と女将の関係を詳しく知らないし、感じ方や考え方は人それぞれだ。

（俺はどうしたいんだ？）

まだ気持ちが定まっていない。

怒りや悲しみ、悔しさや虚しさ、それに自責の念など、さまざま感情が胸のうちで激しく渦巻いている。だが、これから先、自分がどうしたいのか、いまだにわかっていなかった。

「お疲れなんですね」

桃香の声音はどこまでもやさしい。黙りこんでしまった宏樹に寄りそうように、静かに語りかけてきた。

「お部屋にご案内しますね」

食事は一階の広間で摂ることになっているが、今夜は事情が事情なので、部屋に運んでくれるという。

「ひと休みされたら、ぜひ温泉に入ってください。ゆっくり浸かれば、身も心も温まりますよ」

まるで宏樹の心の傷をわかっているような言い方だった。

思わず見やると、桃香はこれ以上ないほど穏やかな表情を浮かべていた。若くして温泉宿を切り盛りしている彼女が、なおさら眩しく感じられた。

3

二階にある客室に案内された。

広さは十畳ほどだろうか。それなりに歴史も感じさせるが、畳には塵ひとつ落ちていない。突然、泊まることになったにもかかわらず、部屋は掃除が行き届いていた。

トイレと洗面台は設置されているが風呂はなく、一階に温泉があるという。石油ストーブとテーブル、それにテレビがあるだけの簡素な部屋だ。テーブルの上には湯飲みと急須、それに電気ポットが置いてあった。

なにも考えずに札幌を出たが、まさか温泉宿に泊まることになるとは思いもしない。窓に歩み寄り、外の景色に視線を向ける。しかし、雪がひどくてなにも見えなかった。

吹き荒れている雪風が目に見えるうちは、まだそれほどでもない。本当に激しい吹雪になると、まるで窓に白い画用紙を貼りつけたようにまっ白になってしまう。視界は限りなくゼロに近くなり、こうして窓から外を眺めても、ただ白いだけでなにも見えなくなる。

「またひどくなりましたね」

背後で桃香がぽつりとつぶやいた。

先ほど宏樹が助けてもらったときは、たまたま雪の降り方が弱くなっていたに過ぎない。あのとき桃香が外に出てきてくれなければ、宏樹は確実に命を落としていただろう。

（俺は、あのとき……）

もう助からないと思った。

ほんの一瞬だったが、すべてをあきらめたのは事実だ。しかし、桃香に助けられたとわかったとき、熱い涙が溢れ出した。

またしても胸の奥が熱くなる。こみあげそうになるものをぐっと抑えこみ、宏樹はゆっくり振り返った。

「天気がよければ、裏山が一望できます。吹雪いていなければ、とてもきれいなんですよ」

桃香は残念そうに語りかけてくる。

「でも、温泉はぜひ入ってくださいね。この天気だと露天風呂は入れませんが、内湯だけでも温まりますから」

宿のよさをアピールする彼女が微笑ましい。

宏樹はたまたま泊まることになっただけだが、しっかり接客してくれるところに好感が持てた。

「ありがとうございます。あとで必ず温泉に入ります」

服はまだ乾いていないので、備えつけの浴衣を着ている。一泊分の下着しか持ってきていないが、まあなんとかなるだろう。

「では、お食事を用意します。少々お待ちください」

桃香が部屋から出ていくと、宏樹は畳の上にゴロリと寝転がった。

疲れていた。ストーブの熱気が心地よくて、すぐに睡魔が襲ってくる。目を閉じると、このまま眠ってしまいそうだった。

ノックの音ではっとする。やはり、うとうとしていた。

「はい……」

声をかけるが反応はない。桃香ではないのだろうか。なんとか起きあがって入口に向かうと、恐るおそる引き戸を開けた。

すると、そこには厳めしい顔をした年配の男性が立っていた。

恰幅のいい体を白い調理服に包んでいる。おそらく、桃香の話に出てきた女将の夫だろう。短く刈りこんだ髪には、白いものが多くまじっている。年のころは七十過ぎと思われる。しかし、職人らしく目つきは鋭かった。

「夕飯をお持ちしました。お部屋に入ってもよろしいでしょうか」

言葉遣いは丁寧だが、野太い声には抑揚がない。突然、転がりこんできた宏樹のことをチェックしているようだった。

もしかしたら、自殺志願者と勘違いされているのではないか。

宿泊施設の立地によっては、飛びこみ客を警戒すると聞いたことがある。駅前のビジネスホテルなら終電を逃した人が多く訪れるだろう。しかし、人里離れた温泉宿に、予約なしの客がふらりと来るのはめずらしい。しかも、行き倒れの中年男となれば警戒されて当然だ。

桃香から事情を聞いていれば、気にならないはずがなかった。部屋で首吊りでもされたら、山奥の鄙びた温泉宿にとっては死活問題だ。悪い噂がひろまったら客足が遠のいてしまう。

「お願いします」

宏樹が緊張ぎみに答えると、男は小さくうなずいた。

安全な客だと判断したのかもしれない。男は深々と腰を折り、あらたまった様子で挨拶をした。

権藤勇治、料理長だという。いかにも昔気質の料理人といった感じで、顔に刻みこまれた皺から厳しさが伝わってきた。

「女将は体を悪くしておりまして、ご挨拶できず申しわけございません」

「いえいえ、こちらこそ急にお邪魔してすみません」

宏樹も慌てて頭をさげた。

「助けていただき、本当にありがとうございます。まさかこんな大雪になるとは……ご迷惑おかけして申しわけございません」

素直に告げると、勇治が小さく息を吐き出すのがわかった。厳めしい顔が少しだけ緩んだ気がした。

「料理を運びます」

勇治は背後のワゴンからトレーを持ちあげて、部屋に入ってくる。そして、テーブルに料理を並べはじめた。

「札幌からお越しだとか」

「はい……気分転換したくて遠出をしたんです」

内容を詳しく説明する必要はない。言葉を濁したが、勇治は無言で小さくうなずいた。

「本日の夕飯です」

「ありがとうございます。おいしそうですね」

焼き魚、すき焼き、刺身の盛り合わせ、煮物に味噌汁(みそしる)など、豪華な料理の数々に驚かされる。思わず声を弾ませるが、勇治は淡々としていた。

「食べ終わったら、そのまま置いておいてください。お客さんが温泉に入っている間にさげておきます」

普段は朝食も夕食も広間で摂ると聞いている。今回、部屋食になったのは若女将の心遣いだ。

「では、ごゆっくりどうぞ」

料理人らしい寡黙さで頭をさげると、勇治は早々に立ち去った。

温かい料理を時間をかけてゆっくり食べた。腹が満たされるにつれて、力が湧きあがってくるのがわかる。先ほどまで疲れきっていたが、食べ終わるころにはだいぶ回復していた。

さっそくタオルを肩にかけて温泉に向かった。

癒しの湯は二階建ての温泉宿だ。二階が客室になっており、一階にはフロントと事務所、広間と調理室、それに従業員の住居がある。そして、長い廊下の奥に温泉があると説明を受けていた。

廊下をぶらぶら進むと、温泉の入口が見えてきた。

赤と青の暖簾がかかっており、それぞれ「女」「男」と書いてある。廊下には湯あがりに休むための、竹で作られたベンチが置いてあった。混浴でないのは少し残念な気もしたが、分かれているほうがゆっくり浸かれるだろう。

脱衣所の木製の棚は、ひとつも使われていなかった。そういえば、廊下で誰ともすれ違っていない。あまり客が入っていないのか、それとも悪天候の予報でキャンセルが出たのだろうか。

とにかく、男湯が貸切状態なのは確かだ。今の宏樹にとっては、ひとりになれるのがなによりうれしかった。

浴衣を脱ぐと、タオルを片手に浴室に足を踏み入れた。

足もとは黒御影石だろうか。そして、奥に見える浴槽は檜だった。それほど広くはないが、なかなか雰囲気のある浴室だ。外には露天風呂もあるというが、この吹雪では入れない。

檜風呂の前でしゃがみこむと、桶でかけ湯をしてから湯船に足を浸ける。

「熱っ……」

思わず声に出しながら、ゆっくり腰をおろしていく。熱めの湯が心地いい。肩まで浸かると、自然とため息が溢れ出した。

（ああっ、最高だ）

湯を両手で掬って顔を撫でる。

体が芯からじんわり温まっていく。額から汗が噴き出すのがわかり、生きていることを実感する。

つい数時間前、吹雪のなかで行き倒れになるところだった。これが自分の運命だとあきらめかけていたのに、今はこうして熱い温泉に浸かっている。つくづく人生とはなにがあるかわからないものだ。

体を洗おうと思って浴槽から出ると、壁ぎわに設置されているシャワーに歩み寄る。木製の風呂椅子に腰かけて、鏡に映った自分の顔をのぞきこんだ。そのとき、脱衣所のガラス戸が開く音が響いた。

宿泊客は自分ひとりではないだろう。いつほかの客が入って来ても不思議ではない。ところが、鏡に映った人物は服を身に着けていた。

白いTシャツに黒いスパッツを穿いている。やけに白い膝と臑(すね)が、鏡にチラリと映りこんだ。

(……ん?)

なんとなく気になるが、振り返るのも気が引ける。そのとき、背後から声をかけられた。

「田辺さん」

顔を見なくても桃香だとわかった。

どうして、彼女が男湯に入ってきたのだろう。焦って振り返ると、桃香がすぐ背後に立っていた。

「えっ……」

一瞬、なにが起きたのかわからない。桃香は黒髪を結いあげて、なぜか頬をほんのり赤らめていた。

もしかしたら、入浴時間を過ぎていたのだろうか。宏樹がいつまでも出てこないので、掃除ができなくて困っていたのかもしれない。それで、声をかけに来たのではないか。

「す、すみません、すぐにあがります」

慌てて立ちあがろうとすると、桃香が肩にすっと手を置いた。

「違うんです」

穏やかな声が浴室の湿った空気を振動させる。肩に触れている彼女の柔らかい手のひらの感触も気になった。

とにかく、風呂椅子に座り直す。そして、手にしていた白いタオルを股間にかけて、剝き出しのペニスを覆い隠した。

「あ、あの……」

鏡のなかの桃香が、意を決した様子で語りかけてくる。

「お背中を流そうと思って」

今にも消え入りそうな声だった。

その表情がやけに色っぽく感じて、宏樹はすぐに言葉を返せない。頰を染めた彼女の顔を、わけがわからないまま見つめていた。

4

「お体は大丈夫ですか？」

桃香が気遣うように声をかけてくる。

どうやら宏樹の体調を心配しているらしい。なにしろ遭難しかけたのだ。風呂に入って具合が悪くならないとも限らなかった。

「ご心配おかけしてすみません。まったく問題ないです」

宏樹は努めて明るい声で答えた。

「それはよかったです。お背中、流してもよろしいでしょうか」

あらためて桃香が語りかけてくる。

気にかけてもらえるのは、素直にうれしい。だが、若女将にそんなことをさせるのは申しわけなかった。

「ご親切にありがとうございます。でも、自分で洗えますから」

丁重に断ろうとするが、桃香はすでに背後でひざまずき、ボディーソープのボトルに手を伸ばした。

「遠慮なさらないでください。田辺さんは、お疲れがたまっているんです」

「いや、でも……」

宏樹はためらいの言葉を漏らすが、彼女はボディーソープを手のひらに取って泡立てはじめる。

「これは若女将のおもてなしだと思ってください」

ささやく声が色っぽく感じたのは気のせいだろうか。次の瞬間、桃香の柔らかい手のひらが、宏樹の両肩にそっと触れてきた。

「うっ……」

ヌルリッと滑る感触があり、思わず声が漏れてしまう。なぜか彼女は手のひらで直接、肩を撫でまわしてきた。

「も、桃香さん？」

「どうかされましたか？」

桃香は悪びれた様子もなく、肩から首に向かって手のひらを滑らせる。ゆったりした動きで、ボディーソープの泡が塗り伸ばされていく。

「い、いつもこんなことを？」

「いえ……はじめてです」

背後から恥ずかしげな声が聞こえた。

いったい、どういうことだろう。尋ねようとしたとき、首すじを指先でスーッと撫でられた。

「くぅっ」

くすぐったさをともなう感覚が走り抜ける。またしても声が漏れて、反射的に肩をすくめていた。

「ごめんなさい。くすぐったかったですね」

口では謝罪しているが、鏡に映る桃香の顔は微笑をたたえている。彼女がなにを考えているのか、今ひとつわからなかった。

「お、驚いてしまって……手で洗うんですか？」

まさかと思いながら尋ねてみる。すると、桃香は首をかしげて鏡ごしに見つめ返してきた。

「おいやでしたか？」

その声がどことなく悲しげで、宏樹はますます動揺してしまう。ほとんど反射的に首を左右に振っていた。

「い、いやではありません」

「よかった……」

桃香はほっとしたようにつぶやき、そのまま両手で背中を撫でつづける。左右の肩胛骨の周囲で、大きな円を描くように動かしていた。

「タ、タオルは、使わないんですね」

手のひらがヌルリッ、ヌルリッと滑る感触が気になって仕方がない。このままつづけられたら、おかしな気分になりそうだ。

「強く擦るのは皮膚によくないと聞いたんです。だから、わたしはなるべく手で洗うようにしています」

そう言っている間も、彼女の手のひらは背中をゆったり這いまわっている。シャボンを塗り伸ばすように、背中全体を撫でていた。

「そ、そうなんですか」

宏樹は平静を装って答えるが、ペニスがむずむずしている。この状況で勃起するわけにはいかない。念のため内腿をぴったり閉じてガードした。

「男の人は垢スリで力いっぱい擦ってしまうでしょう。でも、ボディーソープをつければ手で擦るだけでも充分らしいですよ」

「し、知らなかったです――ううッ」

宏樹の返事は途中から呻き声に変わってしまう。彼女の両手が腋の下に滑りこんできたのだ。

「こういうところは、冬でも汗ばんでいますから」

そう言いながら、手のひらをヌルヌルと動かしてくる。くすぐったくて身をよじりたくなるが、それも失礼だと思って必死に耐えた。

手のひらがゆっくり脇腹を這いおりて腰骨に到達すると、再びじわじわと這いあがっていく。またしても腋の下に入りこみ、指先を小刻みに動かしてくすぐってきた。

「うっ……ンンっ」

なんとか声を抑えこみ、鏡に映る彼女の顔を見やった。そのとき、視線が重なりドキリとした。

「なにか、おつらいことがあったんじゃないですか？」

ふいに桃香が尋ねてくる。

いきなり、核心を突かれた気がした。仕事でいろいろあったことは、なにひとつ彼女に話していない。それなのに、まるで内心を見透かされたようで激しく動揺した。

「じつは……わたしも吹雪のなかで倒れたことがあるんです」

桃香がぽつりぽつりと語りはじめる。

「三年前のことです。なにもかもいやになって……ふらりと旅に出て、飛びこみでこの宿に泊まりました」

話している間も、彼女の手のひらは腋の下に入りこんでいる。

ヌルヌルと前後に動かされて、くすぐったさをともなう微妙な感覚が絶えず生まれていた。

「ひどい吹雪だったのに、夜中に宿を抜け出して……女将に助けられたんです」

桃香はそこで言葉を切って黙りこんだ。

確か、三年前からこの宿で働きはじめたと言っていた。おそらく、女将に助けられたのがきっかけだったのだろう。

「旦那さまにもよくしていただきました。無口ですけど、本当はとてもおやさしい方なんです」

料理人の勇治は、とくに言葉をかけてこなかったが、温かい料理を出してくれたという。

「田辺さんを見ていたら、あのころのわたしに似てると思って」

「お、俺が……桃香さんに？」

腋の下のくすぐったさをこらえながら問いかける。すると、鏡のなかで桃香がこっくりうなずいた。

「すごく、おつらそうに見えて……もしかしたら、わたしみたいに傷ついているんじゃないかって」

様々な客と接することで、人を見る目が養われるのかもしれない。桃香に図星を指されて、宏樹は思わず言葉を失った。

「それで……こんなことを？」

「はい……間違っていたらごめんなさい」

桃香が視線をすっとそらした。

よけいなことを言ってしまったと反省しているのかもしれない。悲しげな瞳を目にすると、黙っていられなかった。

「間違っていません」

「……え？」

桃香が驚いたように顔をあげる。再び鏡のなかで視線が重なった。

「じつは、会社でいやなことがあって……桃香さんのおっしゃるとおりです」

いったん認めると、意外なことにスラスラと言葉が出てくる。

これまで自分の胸にためこんできたが、もしかしたら誰かに聞いてもらいたかったのかもしれない。

信じていた上司が不正を働いていたこと。その上司に責任を押しつけられそうになったこと。自分は悪いことをしていないのに会社で後ろ指を指されていること。さらには結婚を意識していた恋人にフラれたことまで、包み隠さず一気に話していた。

「そんなことが……大変だったのですね」

桃香は眉を悲しげな八の字に歪めて、ときおりうなずきながら最後まで聞いてくれた。

今は会社からの処分を待っている状態だ。この気持ちのもやもやを解消する手段はない。それでも、彼女に愚痴を聞いてもらったおかげで、ずいぶん気が楽になった。

「わたしにできることは、なにもありませんけど」

桃香は独りごとのようにつぶやくと、再びボディーソープを手のひらに取って泡立てはじめた。

「少しでも、田辺さんを癒してあげることができれば……」

彼女の手のひらが、またしても腋の下に触れてくる。

ところが、今度は腋の下を通りすぎて前にまわりこんできた。そして、胸板に手のひらがぴったり重なってくる。背後から抱きつくような格好で、彼女のTシャツに包まれた乳房が背中に当たっていた。

(これって、まさか……)

やけに生々しく柔らかさが伝わってくる。

乳房が密着している感触が、はっきりわかった。大きくて張りのある双つの柔肉が、背中にぴったり押し当てられているのだ。

桃香が身体をかすかによじった。その瞬間、乳房がプニュッとひしゃげるのがわかり、宏樹は両目をカッと見開いた。

(ノ、ノーブラ……間違いない、ノーブラだ!)

ブラジャーのカップに包まれていたら、乳房の感触がこれほどはっきり伝わってくるはずがなかった。

桃香はTシャツの下になにもつけていない。彼女の乳房と宏樹の背中を隔てているものは、白いTシャツの薄い生地一枚だけだ。しかもボディーソープの泡が染みこんでいるため、密着感が強くなっていた。

「も……桃香さん？」

とてもではないが黙っていられない。緊張感に耐えきれず、鏡に映った桃香に向かって語りかけた。

「前も洗っておきましょうね」

耳もとでささやかれてドキリとする。

桃香の顎が、宏樹の肩にちょこんと乗っていた。ピンクの唇が、今にも耳たぶに触れそうになっている。熱い吐息を耳に吹きこまれて、ゾクゾクするような感覚がひろがった。

「ま、前は自分で――くぅッ」

胸板を撫でまわされて、ボディーソープを塗りたくられる。そのとき、彼女の指先が、乳首をすっと掠めた。とたんに快感電流が走り抜けて、股間がズクリッと反応した。

（や、やばいっ）

即座にペニスが頭をもたげはじめる。

内腿を強く閉じるが、非常に危険な状態だ。肉棒は急激に成長しており、少しでも気を抜けば、内腿をすり抜けて跳ねあがりそうだった。

「痒いところとかあったら言ってくださいね」

桃香は指先で乳首をいじりまわしてくる。

すでに乳輪まで硬く隆起しており、反応しているのは明らかだ。彼女も気づいているはずなのに、澄ました顔で泡を塗りつけている。乳輪の周囲を指先でなぞっては、コリコリの乳首を執拗に転がしてきた。

「ううッ……ま、まずいです」

「なにがまずいんですか？」

またしても桃香は耳もとでささやきかけてくる。ついには唇が耳たぶに触れて、新たな快感がひろがった。

「くうッ……だ、誰かが入ってきたら……」

こんなところを人に見られたら大変なことになる。

宏樹は失うものなどなにもないが、桃香はこの温泉宿の若女将だ。命の恩人に迷惑をかけるような事態だけは避けたかった。

「今夜、泊まっている男性客は田辺さんだけです。だから、男湯に人が入ってくることはないので安心してください」

「で、でも……」

なおもとまどっていると、彼女は硬くしこった乳首を指先で摘まみあげた。

「くうッ」

快感がひろがり、たまらず呻き声が漏れてしまう。さらには耳たぶを唇で挟みこんでささやきかけてきた。

「田辺さんを癒してあげたいんです。おもてなしさせてください」

懇願するような声だった。

そこまで言われたら、麗しい若女将の申し出を拒絶できるはずがない。もはや宏樹はまともな言葉を発することもできず、乳首を摘まれながらガクガクとうなずいた。

「わたしにまかせてください。今だけは、なにも考えなくていいんですよ」

やさしく言い聞かせるようにささやきながら、右手を胸板から腹に向かって滑らせる。ボディーソープが付着しているので、ヌルヌル滑るのが心地いい。手のひらは臍の上を通過して、やがて陰毛に到達した。

（そ、それ以上は……）

股間にはタオルがかかっている。内腿をしっかり閉じているので、ペニスは隠れているが、すでにこれ以上ないほど屹立していた。

タオルが取り去られてしまう。彼女はボディーソープをさらに追加すると、陰毛に塗りつけて泡立てた。

「田辺さん……」

桃香が耳に熱い息を吹きこみ、かすれた声でささやきかけてくる。そして、手のひらで太腿をねちっこく撫でまわしてきた。

もちろん、こうしている間も背中には乳房を押しつけられている。彼女が身体を動かすたび、柔らかく形を変える様子が確実に伝わっていた。しかも、乳房の頂点にある乳首の存在もはっきりわかる。擦りつけたことが刺激になったのか、ぷっくりふくらんでいるのだ。

(ああっ、桃香さんの乳首が……)

振り返って確認したいが、さすがにそこまで大胆なことはできない。

そんなことを考えていると、不意を突くように彼女の舌が耳の穴にヌルリと入りこんできた。

「ううッ!」

たまらず呻き声をあげた瞬間、内腿の間に手のひらが滑りこむ。そのまま脚を開かれて、屹立したペニスがバネ仕掛けのように跳ねあがった。

「あンっ……すごい」

桃香が思わずといった感じでつぶやいた。

身体をずらして、横から宏樹の股間をのぞきこんでいる。整った顔が桜色に染まり、目を大きく見開いていた。

彼女が驚くのも無理はない。ペニスはかつてないほど勃起している。竿には太い血管が浮かびあがり、亀頭はパンパンに張りつめて今にも破裂しそうだ。力強くそそり勃ち、心臓の鼓動に合わせて小刻みに揺れていた。

「こんなに大きいなんて……」

桃香は恐るおそるといった感じで、股間に手を伸ばしてくる。そして、太幹に指をそっと巻きつけてきた。

「うっ……」

軽くつかまれただけでも快感がひろがった。

今朝、札幌を出るときは、捨て鉢な気持ちになっていた。それなのに、まさかこんなことになるとは思いもしない。たまたま泊まることになった温泉宿の美人若女将が、ペニスをしっかりつかんでいるのだ。

「はぁっ、硬い……」

桃香がため息まじりにつぶやいた。

そして、手筒をゆったりと滑らせる。泡が付着しているため、ヌルヌル滑るのがたまらない。瞬く間に快感が沸き起こり、亀頭がさらにひとまわり大きくふくらんだ。

「ううっ……」

「こんなに大きい人……はじめてです」

桃香が顔をあげる。いつしか横にまわりこむ格好になり、鏡ごしではなく宏樹の顔を直接見つめてきた。

「田辺さん、すごく立派なんですね」

「そ、そんなことは……」

「ううん、本当に大きくて、男らしいです」

彼女の言葉が男を奮いたたせる。元気づけるためかもしれないが、それでもペニスを褒め称えられるとうれしかった。

巻きつけられた指が、竿の表面をヌルヌル滑る。さらには張り出したカリの上をゆっくり通過した。

「くうッ、そ、そこは……」

「ここの出っ張りのところが感じるんですね」

桃香は顔色をうかがいながら、敏感なカリ首を集中的に擦ってくる。ボディーソープのヌメリがたまらない。絶妙な力加減で握り、あくまでもスローペースでしごいてきた。

「ううッ、も、もう……」

射精欲が盛りあがるが、ゆったりした動きでは射精できない。もっと激しくしごいてほしくて、思わず腰をよじりながら桃香の顔を見おろした。

「我慢できなくなったんですね」

彼女はうれしそうに目を細めると、指先で亀頭をヌルリと撫でまわす。我慢汁にまみれた尿道口を擦られて、さらなる快感が突き抜けた。

「くううッ、も、桃香さんっ」

「ここも感じるんですか？」

宏樹の反応に気をよくしたのか、さらにねちっこくペニスをいじりまわしてくる。しかし、決して射精させることなく、ゆるゆるとしごいてきた。

「こ、これ以上は……」

かすれた声で訴えたとき、彼女の胸もとが目に入った。

宏樹の背中に密着していたため、白いTシャツが水分を吸って肌にぴったり貼りついている。たっぷりした乳房のまるみはもちろん、先端でとがり勃っている乳首まで透けていた。

「も、もう……うううッ、もうっ」

宏樹は低い声で唸り、風呂椅子に座ったまま腰をよじった。

彼女の艶めかしい姿を目にしたことで、視覚的な興奮も加わっている。もうこれ以上は耐えられない。ペニスの先端から大量の我慢汁が溢れて、ますます反り返った。

「ああっ、すごいです。こっちを向いてください」

桃香に誘導されて、風呂椅子ごと横を向く。すると、彼女はシャワーをかけてペニスの泡を洗い流した。

「な……なにを？」

期待のこもった声で語りかけるが、桃香は笑みを浮かべるだけで答えない。なにをするのかと思えば、目の前で這いつくばって股間に顔を寄せてきた。

「もっと気持ちよくなってくださいね」

そう言った直後、桜色の唇で亀頭にチュッと口づけする。それだけで、腰が震えるほどの快感がひろがった。

「くううッ」

「気持ちよかったですか？」

桃香が上目遣いに見あげてくる。

唇に我慢汁が付着するが、まったくいやがる様子はない。そのまま唇をゆっくり開いて、亀頭の表面を滑らせていく。宏樹がとまどっているうちに、ペニスの先端が彼女の口内に消えていた。

「おううッ」

直後に快楽の波が押し寄せる。

あの清楚な若女将が亀頭を口に含んでいるのだ。熱くてしっとりした口腔粘膜に包みこまれて、全身が震えるほどの愉悦がひろがった。

「はンっ……」

桃香が唇でカリ首を締めつけてくる。それだけで快感が大きくなり、睾丸がキュッとあがるのがわかった。

「ううッ、き、気持ちいいっ」

思わず呻くと、桃香は亀頭を咥えたまま見あげてくる。視線が重なった瞬間、彼女はうれしそうに目を細めた。

（ああっ、桃香さん……）

胸の奥が締めつけられる。

ペニスだけではなく心まで蕩けていく。献身的に奉仕されて、すっかり彼女の虜になっていた。

「ンンっ……」

桃香が顔をゆっくり押しつけてくる。

硬い肉胴の表面を、柔らかい唇で擦られるのが気持ちいい。やがてペニスは根元まで彼女の口内に収まった。

「あ、あったかい……ううっ」

舌がヌルリと這いまわり、竿に唾液を塗りつけられる。亀頭も飴玉のように舐めまわされて、カリの裏側も舌先でくすぐられた。

「そ、そこは……くううッ」

宏樹が快楽の呻きを漏らすと、彼女は首をゆったり振りはじめる。唾液をまぶした太幹を、唇でニュルッ、ニュルッと擦りあげてきた。

「ンっ……ンっ……」

桃香は鼻を微かに鳴らしながら、唇でペニスをしごいている。舌も使って亀頭を舐めまわし、決して快楽に慣れさせない。新たな刺激を次々と送りこんで、宏樹の性感を瞬く間に追いこんでいく。

「そ、そこは……」

尿道口を舌先で舐めまわされて、全身の筋肉に力が入る。風呂椅子に腰かけた状態で、大きく開いた両脚がつま先まで突っ張った。

「くううッ」

射精欲がふくれあがり、亀頭がかってないほど膨張する。無意識のうちに両手で彼女の頭を抱えこんだ。

視覚的にも欲望をもりもり刺激される。清楚な若女将がペニスを咥えて首を振っているのだ。黒髪を結いあげているので、白いうなじが剝き出しになっているのも色っぽかった。

「き、気持ちいい、うううッ、気持ちいいですっ」

とてもではないが黙っていられない。震える声で訴えると、ますます快感が大きくなった。

「あふッ……はむッ……あむンッ」

桃香が本格的に首を振りはじめる。唇をすぼめて太幹を締めつけながら、唾液と我慢汁のヌメリを利用してしごきあげてきた。しかも、首を振りつつ、ひねりも加えてくる。見た目の動きも卑猥(ひわい)で、ペニスに受ける快感も大きいローリングフェラだ。

（ま、まさか、桃香さんがこんなことまで……）

淑(しと)やかな彼女がこんなテクニックを駆使するとは驚きだ。慌てて全身に力をこめるが、射精欲は急激にふくれあがっていた。

「おおッ、す、すごいっ、おおおッ」

もう呻き声を抑えられない。

間違いなく人生で最高のフェラチオだ。硬い肉棒を擦るのはもちろん、敏感なカリの上を柔らかい唇が何度もくり返し通過する。ジュポッ、ジュポッという淫らな音が浴室に響き渡り、ますます気分が盛りあがった。

「そ、そんなにされたら……ううッ、出ちゃいますっ」

懸命に訴えるが、桃香の首振りはいっそう激しさを増していく。両手をペニスの両脇に置き、唇と舌だけを使って快楽を送りこんできた。

「ンぁッ……はふッ……うはッ」

「ま、待って、本当に……くううッ」

唇がリズミカルに滑り、舌がナメクジのように這いまわっている。屹立した肉棒を執拗にねぶりまわされて、理性は熱したバターのように溶けていく。駄目押しとばかりに思いきり吸いあげられた。

「も、もうダメだっ、で、出るっ、出る出るっ、くおおおおおおおッ！」

猛烈な吸茎で、ついに我慢の限界を突破した。

深く咥えこまれたペニスが、彼女の口内で脈動する。大量の白濁液が尿道を駆け抜けて、亀頭の先端から勢いよく噴きあがった。

「おおおッ……おおおおおッ」

もはや意味のある言葉を発する余裕もない。ゲル状のザーメンが尿道口を擦るたび、失神しそうな愉悦がひろがった。

意識が遠のきかけては、快楽で引き戻される。全身の筋肉が痙攣して、頭のなかがまっ白になるほど気持ちいい。宏樹は風呂椅子の上でのけぞり、涎を垂らしながら射精した。

「うンンンッ」

桃香は最後までペニスから唇を離さなかった。

すべてを受けとめると、口内にたまっている粘液を飲みくだした。喉をコクコク鳴らす姿は淫らなことこのうえない。Tシャツには乳房がくっきり透けており、乳首はコリコリに屹立していた。

それなのに、なぜか穢れているように見えない。宏樹の目には、どこまでも清らかな女性に映った。

射精の発作が完全に収まるまで、桃香はペニスを咥えていた。

尿道に残っている精液も、一滴残らず吸いあげてくれる。さらには亀頭と尿道口に舌を這わせてきた。丁寧に舐めあげられて、宏樹は蕩けるような快楽に全身を震わせた。

「はあンっ」

桃香がようやくペニスから口を離して顔をあげる。

ほっそりした指を口もとに当てて、頰を赤らめながら睫毛を伏せていく。喉にザーメンがからみついているのかもしれない。少し苦しげな表情で何度も唾液を飲みこんだ。

そんな桃香の姿に、宏樹はますます惹きつけられてしまう。

かつてこれほど情熱的な奉仕を受けたことはない。身も心も蕩けるようなフェラチオだった。

「桃香さん……」

射精の余韻に浸りながら、目の前でひざまずいている彼女に向かって手を差し伸べた。

桃香は唇の端を指先で拭っている。濃厚なフェラチオの直後で、まだハアハアと胸を喘がせていた。

もう彼女から目を離せない。

出会ったばかりなのに、どうしてここまで惹かれるのだろう。とにかく、心やさしく献身的な女性だった。

思いきり抱きしめたい衝動に駆られている。ところが、桃香は宏樹の手をすり抜けるようにして立ちあがった。

「ごめんなさい……」

そうつぶやいて背を向けると、そのまま浴室から出ていってしまう。最後にチラリと見えた横顔は、ひどく悲しげに感じられた。

待ってください――。

喉もとまで出かかった言葉を呑みこんだ。

声をかけられないほど、彼女の背中には悲愴(ひそう)感が漂っていた。いったい、なにを抱えこんでいるのだろう。自分のことで精いっぱいだった宏樹には、桃香の悲しみなど想像もつかなかった。

第二章　慰めの交わり

1

翌朝、宏樹は布団のなかで目を覚ました。

枕もとに置いてあったスマホで時間を確認する。

すでに午前八時をまわっていた。やはり疲れがたまっていたらしい。昨夜、風呂から戻って横になり、この時間まで一度も起きなかった。

（もうこんな時間か……）

ふと脳裏に浮かぶのは、やはり桃香のことだ。

昨夜の風呂での出来事には驚かされた。まさか、彼女が積極的にペニスを咥えるとは信じられない。しかも、清楚な見た目なのに、かなりの経験を積んでいるようだった。

(ううっ……)

思い返すだけでペニスが疼く。

あれほど情熱的なフェラチオははじめてだ。しかし、どうして彼女はあんなことをしてくれたのだろうか。

桃香も吹雪のなかで倒れているところを女将に助けられたらしい。そして、宏樹のことを自分と似ているとも言っていた。

(同情……か)

思わず苦笑が漏れる。

よほど宏樹のことが憐れに見えたのだろう。自分では気を張っているつもりだったが、彼女の目にはボロボロに映ったのかもしれない。

(でも……)

同情でもなんでも構わなかった。

なぜかはわからないが、どうしようもなく桃香に惹かれている。彼女が言っていたように、宏樹もなにか似たところがあると感じていた。桃香の瞳の奥に、深い悲しみが沈んでいる気がしてならなかった。

だが、宏樹と桃香は初対面で互いのことをほとんど知らない。しかも、雪がやんで道が開通すれば、急いで札幌に帰らなければならない。これ以上、深い仲になれるはずがなかった。

昨夜のことは奇跡だと思うしかない。宏樹があまりにも惨めで、心やさしい桃香は放っておけなかったのだろう。

「ううんっ……」

寝転がったまま伸びをする。そして、布団から這(は)い出ると、窓に歩み寄ってカーテンを開けた。

(うわっ……やっぱりダメか)

昨夜のような横殴りの吹雪ではないが、雪がしんしんと降っている。

こういう降り方のほうが、ある意味、吹雪よりもやっかいだ。風があれば吹き飛ばされる雪もある。しかし、静かに降りつづけている雪は、確実に積もっていくのだ。

この降り方なら除雪車が走れると思うが、あまり期待はできないだろう。まずは幹線道路の除雪が優先される。しかし、除雪している側(そば)から新たな雪が降り積もるため、作業がはかどらないのだ。

日曜日の夜まで天気は荒れる予報だと聞いている。

だが、この様子だと明日も動けるかどうか怪しかった。なにしろ宏樹の車がスタックしているのは、ここよりさらに山奥だ。その近辺の除雪は、おそらく後まわしになるだろう。

とにかく、天候が回復するまで身動きが取れなかった。

（どうしてもダメなときは仕方ないな……）

会社に連絡して、有給休暇を使うしかない。

今の自分が置かれている状況を考えると、まずいことはわかっている。不正の疑いをかけられて、処分待ちの状態だ。こんなときに有給休暇を申請すれば、ますます風当たりが強くなるのは想像に難くなかった。

しかし、焦ったところで雪がやむわけではない。

たとえ上層部への印象が悪くなったところで、もうどうでもよかった。身の潔白が証明されたとしても、社内での信用が回復するとは思えない。誰もが宏樹のことを避けており、もはや会社に居場所はなかった。

これまで仕事に情熱を注いできたのが、馬鹿馬鹿しく思えてくる。もはや、会社でがんばる意味を見出せなくなっていた。

トイレで用を足して洗面所に向かうと、顔を洗って歯を磨く。そして、ボクサーブリーフと下着のシャツ、それに靴下を手洗いした。

今夜も泊まることになるかもしれない。今のうちに洗って干しておけば、夜までに乾くだろう。下着をハンガーにかけると部屋の隅に吊しておく。布団はふたつ折りにして、壁ぎわに寄せておいた。

一階の広間に朝食の準備がしてあるはずだ。

宏樹は浴衣のまま部屋をあとにした。桃香に会うのは気まずいが、避けつづけることはできない。きっと気まずいのは彼女も同じだろう。何事もなかったように接するしかなかった。

階段を降りて広間に足を踏み入れる。

広さは十五畳ほどだろうか。細長い座卓があり、中央あたりでひとりの女性が朝食を摂っていた。

宏樹に気づいて顔をあげる。目が合ったので会釈するが、彼女は気づかなかったのか、視線をすっとそらしてしまった。

三十代だろうか。白いシャツの上に黄色いVネックのセーターを着ている。目尻が少しさがったやさしげな顔立ちの女性だ。人妻っぽい雰囲気だが、どこか陰のある表情が気になった。

とはいえ、宏樹は見知らぬ女性と気軽に話せるタイプではない。視線をそらして広間を見まわした。

(俺の席は……)

彼女のすぐ隣に茶碗や箸が置いてある。ほかに食器の準備がしてある席はなかった。

「あそこですよ」

突然、背後から野太い声が聞こえてドキリとする。振り返ると白い調理服を着た勇治が立っていた。

「あっ……お、おはようございます」

慌てて挨拶すると、勇治は無言でこっくりうなずく。相変わらず無口だが、昨夜よりも表情が柔らかい気がした。

「すぐに味噌汁とご飯をお持ちします」

勇治はそう言って、隣の調理室に入っていった。

(席、離してくれればよかったのに……)

見知らぬ人のすぐ隣というのは、なんとなく座りづらい。だが、わざわざ離すのもおかしいので、宏樹は遠慮がちに歩み寄った。

「失礼します」

小声で挨拶しながら座布団に腰をおろす。すると、彼女はささやくような声でつぶやいた。

「おはようございます」

てっきり自分と同じで人見知りするタイプだと思っていたので、反応が遅れてしまう。

「ど、どうも……おはようございます」

慌てて挨拶すると、彼女はうつむき加減に会釈した。

しかし、会話がつづかない。重苦しい沈黙が流れている。こちらから話しかけたほうがいいのだろうか。

（まいったな……）

初対面の人と話すのは得意ではない。

隣を横目で見やると、彼女は箸でご飯を口に運んでいた。お茶碗を持つ左手の薬指にはリングが光っている。やはり人妻らしい。横顔はやさしげだが、どことなく儚（はかな）さも漂っていた。

下半身は深緑のフレアスカートに覆われており、座布団の上できちんと正座をして背すじもまっすぐ伸びている。育ちのよさを感じさせる人妻が、ひとりで鄙（ひな）びた温泉宿にいるのは不自然な気がした。

（ワケあり……か？）

なにかあったのかもしれない。どこか陰のある表情も気になった。

そのとき、勇治がトレーを手にして現れた。焼き鮭（ざけ）と味噌汁、それに白いご飯が盛られたお茶碗を並べてくれる。味つけ海苔（のり）と生卵は最初から置いてあった。温泉宿の定番の朝食といった感じだ。

「ごゆっくり」

勇治は低い声でつぶやくと、静かに立ち去った。

（なんか気まずいな……）

再び人妻とふたりきりになってしまう。すぐ隣に座っているのに、まったく話しかけないのもおかしい気がした。

「あの……ご旅行ですか？」

宏樹は悩んだすえ、遠慮がちに語りかけた。

話しかけられるとは思っていなかったのだろう。彼女は肩をビクッと小さく震わせた。

「はい……」

消え入りそうな声で返事をしてくれる。だが、こちらを見ようとしない。もしかしたら、警戒されているのかもしれない。

「お、俺も旅行なんです」

宏樹は慌てて言葉をつづけた。尋ねる前に自分のことを話したほうが、警戒心をとけると思った。

実際のところ、旅行と呼べるのか微妙なところだ。ふらりと遠出しただけだが、まるっきり嘘ではないだろう。

「札幌からぶらりと……でも、この雪で、参りましたよ」

無理をして笑ってみせる。すると、彼女も微かに笑みを浮かべてくれた。

宏樹はここぞとばかりに名前を伝えて、距離を縮めようとする。せっかく旅先で出会ったのだから、和やかに食事をしたかった。

「わたしは――」

彼女も名乗ってくれた。

長峰早智子。帯広から車で来たという。

やはり声は小さいが、話す気はあるようだ。少なくとも迷惑がっている様子はなかった。

「帯広ですか。車なら雪が大変だったんじゃないですか」

札幌よりは近いが、それでも百キロ以上はあるだろう。気楽に出かけられる距離ではなかった。

「金曜日の夜だったので、まだ雪はそれほどでも……」

ささやくような声で答えてくれる。早智子はこちらに顔を向けるが、目が合うと恥ずかしげに視線をそらした。

（おっ、なかなか……）

照れた表情が魅力的だ。もし彼女が同じ部署で働いていたら、毎日、会社に行くのが楽しみになるだろう。

「俺の車はスタックして動けなくなってしまいました。この調子だと、今日も動けそうにないですね」

卵を溶いてご飯にかけると、味つけ海苔で巻いて口に運ぶ。普段、朝はあまり食べないが、人妻と言葉を交わしたことで食欲が出てきた。

「明日は月曜日ですけど……お仕事は？」

早智子が小声で尋ねてくる。

「商社に勤務してるんですが……最悪、有休を取るしかないですね」

この天気がつづくと出社できなくなるだろう。だが、宏樹は一連の出来事で働く気力を失っていた。

「長峰さんも、ご家族が心配されるんじゃないですか？」

仕事の話はしたくないので、彼女のことを尋ねてみる。すると、とたんに早智子の表情が曇った。

「夫は……わたしのことなんて……」

なにか事情があるらしい。ただでさえ小さな声が、ほとんど聞き取れないくらいになっていた。

「三十五って、もうおばさんなんでしょうか」

ひどく悲しげな声だった。

まるで独りごとのように言うと、早智子は箸を置いてすっと立ちあがる。そして、返答に窮している宏樹を振り返ることなく、そのまま広間から出ていってしまった。

2

食事を終えると、宏樹はフロントに向かった。

二階にあがろうとしたとき、ちょうど桃香の姿が見えたのだ。この日は黒髪を結いあげて、小豆色（あずきいろ）の袷（あわせ）の着物に身を包んでいた。

洋服も似合っていたが、和服だとキリッと引きしまって見える。女性のしなやかさだけではなく、まじめな雰囲気も漂っており、いかにも若女将という感じがした。

どこからどう見ても淑（しと）やかな女性だ。だからこそ、昨夜の風呂場での出来事が信じられない。彼女は目の前に這（は）いつくばり、宏樹のペニスを口に含んで射精に導いたのだ。

あのローリングフェラの快感は、今でも体に染みついている。おそらく、一生忘れることはないだろう。

宏樹がフロントに歩み寄ると、桃香が顔をゆっくりあげる。ほんの一瞬、驚きの表情を浮かべるが、彼女はすぐに口を開いた。

「おはようございます」

清らかな声だった。

微笑を向けられると、昨夜のことが夢だった気がしてくる。桃香は予想どおり何事もなかったように接してきた。わかっていたことだが、すべてがなかったことになるのは少し淋しかった。

「昨夜はゆっくりお休みになれましたか」

「ええ、おかげさまで」

深い意味はない。普通に返しただけだが、言った直後に失敗したと思った。今のは誤解を招く表現だった。

「い、いえ、ヘンな意味じゃなくて……」

焦るあまり、またよけいなことを言ってしまう。ここは黙ってやり過ごして、別の話題を振るべきだった。

恐るおそる見やると、桃香の頰はほんのり桜色に染まっていた。瞳が揺れているのは動揺している証拠だ。

「す、すみません」

もう謝るしかなかった。

彼女は宏樹に同情しただけで、恋愛感情を抱いているわけではない。それがわかっているからこそ、勘違いしていると思われたくなかった。

「いえ……大丈夫です」

桃香はうつむいたままつぶやいた。

どうやら、宏樹が言いたいことをわかってくれたらしい。もうこの話題からは離れたほうがいいだろう。

「まだ除雪は入りませんよね」

正面玄関のガラス戸ごしに外を見やった。雪がどんどん降っており、まったくやむ気配がない。

「ここは山の上なので、昼になっても雪がやまなかったら、除雪車が来ることはないです。今日、お帰りになるのはむずかしいかもしれません」

桃香が気を取り直した様子で答えてくれる。まだ頬が染まっているが、それでも普通に接してくれようとしていた。

「そのときは、もう一泊したいのですが、お部屋は空いてますか」

この雪のなかに放り出されても帰る手段がない。とにかく除雪が入るまで、身動きが取れなかった。

「ご安心ください。この雪ですから、すべてキャンセルになっています」

桃香の言葉を聞いて納得する。山を降りられないということは、登ってくることもできないのだ。今、この温泉宿は陸の孤島と化していた。

「では、今日も泊まることになると思うので、よろしくお願いします」

宏樹はあらためて告げると、二階の部屋に戻った。

窓から外を眺める。雪は音もなく静かに降りつづけている。空はどんより曇っており、まだまだ降りそうな雰囲気だ。この様子だと、明日はまず出社できないと思ったほうがいいだろう。

（今のうちに、部長のケータイに電話をしておくか……）

宏樹はスマホを手にして電話帳を開いた。

会社を休むのなら、早めに連絡をしておくべきだ。課長は停職中なので、連絡するとしたら部長になる。

（黒田(くろだ)部長か……）

顔を思い浮かべて躊躇(ちゅうちょ)した。

部長の黒田は五十過ぎの精悍(せいかん)な男だ。仕事はできるが、自分にも周囲にも厳しいことで知られており「鬼の黒田」と恐れられていた。

宏樹も何度か呼び出されたことがある。黒田は部下の営業成績を細かくチェックしており、手抜きは絶対に許さなかった。うるさい上司だが、間違ったことは決して言わない。だから、なおさら質が悪かった。

こんな時期に有給休暇を使うと言ったら、なにを言われるかわからない。当然ながら理由も聞かれるはずだ。ぶらりと旅に出て、大雪で動けなくなったと言ったら怒鳴られるに決まっていた。

（慌てなくてもいいか）

まだ帰れないと決まったわけではない。

案外、午後になって晴れるかもしれない。除雪もすんなり入り、夜には札幌に着いている可能性もゼロではなかった。

電話をかけるのはやめにして、スマホの電話帳を静かに閉じた。

（なんで俺がこんな目に……バカバカしい）

思わず胸のうちで吐き捨てる。

どうせ出社しても針のむしろだ。たとえ無罪放免になっても、ダーティなイメージはつきまとう。不正の疑いをかけられた宏樹は、あの会社にいる限り一生肩身の狭い思いをすることになるのだ。

（もう辞めちまうか……）

ふとそんな考えが脳裏をよぎった。

ため息を漏らして、窓の外をぼんやり眺める。雪の降り方が、いくらか弱まっていた。

――天気がよければ、裏山が一望できます。吹雪（ふぶ）いていなければ、とてもきれいなんですよ。

桃香がそう言っていたのを思い出した。

ふわふわ舞い落ちてくる雪の向こうに目を凝らす。すると、うっすらとだが裏山が見えた。

（ああ、あれか……ん？）

視界の隅になにか動くものが映った。

裏山から視線をそらして下を向く。すると、ネイビーのダウンコートを着た女性の後ろ姿が見えた。

おそらく、宿の裏口から出たのだろう。一階の廊下の突き当たりにドアがあったのを覚えている。

昨夜は風が強かったので、雪はかなり飛ばされていた。そのため、意外と積雪量は増えていない。とはいっても、ゆうに女性の膝上まである。そんな深い雪のなか、ひとりで裏山に向かって歩いていく。

(桃香さんかな?)

不思議に思って注視していると、女性の横顔がチラリと見えた。早智子だった。いったいどこに行くつもりなのか。ほんの一瞬だったが、深刻な顔をしていたのが気になった。

(なんか、おかしいな……)

宏樹は思わず首をかしげた。

いったい裏山になにがあるというのだろう。いずれにせよ、これだけ雪が積もっているなかを、ひとりで歩いていくのは不自然だ。しかも、早智子は手ぶらだった。

朝食のときの悲しげな様子が頭から離れない。

夫のことが話題に出たとたん、早智子の表情が曇った。つらいことを思い出したらしく、そのまま広間から立ち去ったのだ。

もしかしたら、夫と喧嘩をして家を飛び出してきたのかもしれない。そう考えると、憂いを帯びた表情だったのも、人妻なのにひとり旅だったのも、大雪で動けないのに慌てていなかったのも、すべて納得がいく。

（まさか……）

実際のところ、彼女になにがあったのかわからない。だが、宏樹自身が捨て鉢になっているせいか、いやな予感がこみあげてきた。

早智子が雪に覆われた森のなかに入っていく。

木々の枝に雪が載っているため、視界は完全に遮られている。もう二階から彼女の姿を確認することはできなかった。

（ちょっと見に行くか）

なにかあってからでは手遅れだ。

急いで浴衣を脱ぎ捨てると、スラックスを穿いてシャツを着る。ブルゾンを羽織りながら部屋を出て、一階に降りると正面玄関に向かった。

フロントに桃香の姿は見当たらない。伝えるべきか迷ったが、とりあえずやめておく。勘違いだったら早智子に迷惑をかけてしまう。まずは自分の目で確かめてからだと思った。

まだそれほど遠くには行ってないだろう。

下駄箱から自分の革靴を取り出すと、急いで裏口に向かう。革靴を履いてドアを開ければ、強烈な冷気が全身を包みこんだ。

（寒っ……）

一瞬で体温が奪われていく。昼間なのに体が芯まで冷えるような寒さだ。札幌でも零下になる日はめずらしくないが、その比ではなかった。

雪がしんしんと降るなか、宏樹は裏山に向かって足を踏み出した。

積もった雪のなかに、早智子の足跡が残っている。雪は深いが、彼女が歩いた直後なので楽だった。しかも、少し進むと足跡は森のなかに入っていく。頭上が木々の枝に覆われているため、積雪量は思ったよりも少なかった。

とにかく、森のなかを急いで進んでいく。すると、前方の木の根元に人影らしきものが見えた。

（いた……あれだな）

歩調を速めて歩み寄る。すると、ネイビーのダウンコートを着た早智子がうずくまっていた。

膝を抱えて雪のなかに座りこみ、がっくりうつむいている。宏樹が目の前に立っているのに、彼女はピクリとも動かない。気づかないはずがないのに、まったく反応がなかった。

「大丈夫ですか？」

恐るおそる声をかける。

しかし、返事はない。早智子はうつむいたまま、じっとしている。いや、よく見ると肩が小刻みに震えていた。

やはりつらいことがあったに違いない。

こういうとき、どんな言葉をかければいいのだろう。おそらく、彼女の悩みは夫婦のことだ。独身の宏樹にアドバイスできることがあるとは思えない。だからといって、放っておくこともできなかった。

（どうしたらいいんだ……）

宏樹は迷ったすえ、彼女の隣に腰をおろした。

雪は小降りになっているので、少しくらいなら大丈夫だろう。早智子は驚いた様子で顔をあげて、こちらに視線を送ってくる。彼女の頬が涙で濡れていることに気づいたが、宏樹はあえて目を合わせなかった。

「じつは、旅行じゃないんです」

思いきって切り出した。

「会社でいろいろあって……それで、すべていやになって札幌から逃げ出してきたんです」

本当は打ち明けるつもりはなかった。二度と会うことはないのだから、ふらりと旅に来た男を演じるつもりでいた。

だが、悲しみに暮れている彼女を見て、なんとかしてあげたいと思った。アドバイスはできないが、自分の話ならできる。話したところで意味はないかもしれないが、苦しみを抱えている人は大勢いることを伝えたかった。

会社での一連の出来事をかいつまんで説明する。話しているうちに自嘲的になり、思わず苦笑が漏れた。

「四十にもなって現実逃避してる情けないやつなんです。大雪で車がスタックして、札幌に帰れなくなるし……もうクビになるかもしれませんね。しょうもなくて笑えるでしょ？」

いっそのこと笑われたほうが楽だった。これで彼女が元気になってくれれば、それはそれでいいと思った。

ところが、早智子は真剣な瞳で見つめてくる。そして、新たな涙をぽろりとこぼして頬を濡らした。

「いい人ですね」

消え入りそうな声だった。

しかし、雪に埋もれた森はシーンと静まり返っている。彼女のささやく声もはっきり聞こえた。

「ありがとうございます」

早智子は涙を滲(にじ)ませながら頭をさげた。

あらたまって礼を言われると恥ずかしくなる。宏樹はただ自分のことを話しただけだった。

「なんとなく感じていました。田辺さんも、ただの旅行ではないって……」

彼女の言葉にはっとさせられる。

朝食の段階で、宏樹もワケありだとバレていたらしい。ひとり旅を気取っていた自分が、ますます恥ずかしくなってきた。

「はっ、ははっ……なんか格好悪いですね」

笑ってごまかそうとする。だが、あまりの情けなさと寒さのせいで、頬の筋肉がひきつっていた。

「格好悪くなんかないです。わたしを元気づけるために、秘密にしておきたいことを話してくれたんですよね」

早智子は涙を流しながら微笑(ほほえ)んだ。

頬を濡らす涙に雪が舞い落ちて、音もなく溶けていく。これくらいで悲しみが癒えるはずもないが、無理をして笑うくらいの元気は出たらしい。

「そろそろ戻りましょうか。身体(からだ)が冷えますよ」

彼女の髪と肩には雪が積もり、まっ白になっていた。

「失礼します」

少し迷ったが、断ってから手でそっと払う。

早智子はいやがる様子もなく、されるままになっている。気温が低いので雪はまったく溶けていない。軽く払うだけで簡単に落とすことができた。

「田辺さんも……」

お返しとばかりに早智子が雪を払ってくれる。宏樹の髪にもかなり積もっていたようだ。

互いに雪を払い合う。北海道ではよくあることだが、相手が人妻だと思うと妙にドキドキした。

「宿に戻りましょう」

宏樹は照れ隠しに勢いよく立ちあがった。

ところが、早智子はまだ座ったままだ。どうやら、尻が雪にはまり、立ちあがれないらしい。

「大丈夫ですか？」

宏樹は逡巡（しゅんじゅん）しながらも、さりげなさを装って右手を差し出した。

これで断られたら、それこそ格好悪い。早智子はとまどった様子だったが、差し出した手を取ってくれた。

彼女のほっそりした指は、かわいそうなほど冷えきっている。そっとつかんで引き起こした。

「ありがとうございます」

早智子がうつむき加減に礼を言う。もう立ちあがっているのに、なぜか宏樹の手を離そうとしなかった。

「長峰さん？」

思わず声をかけると、彼女は上目遣いに見あげてきた。

「別に死のうとしていたわけではありません。ただ、どこかに消えてしまいたいと思って……」

なんとなく早智子の言いたいことがわかった。

宏樹も札幌から逃げ出してきた。とにかく遠くまで行きたかった。だから、死ぬ気はなくても、どこかに消えてしまいたいという気持ちは理解できた。

「俺も……同じです」

宏樹がつぶやくと、早智子の瞳は見るみる潤んだ。

「手が……冷えてしまって」

白い息を吐きながら訴えかけてくる。

彼女はまだ手を離そうとしない。それどころか、宏樹の手をしっかり握りしめてきた。

「温めてもらえますか」

宏樹はとっさに言葉を返すことができず、ただ無言でカクカクうなずいた。そして、早智子の冷えきった手をしっかり包みこんだ。

緊張しながら宿に向かって歩きはじめる。早智子は手を離すことなく、背後からついてきた。

「田辺さんのお部屋に行きたいです」

ささやくような声だった。

（そ、それって……）

いったい、どういう意味だろう。いや、深い意味はないのかもしれない。しかし、人妻を自分の部屋に連れこむのは気が引けた。

「もう少し……お話ししたいんです」

早智子のつぶやく声が、背後から聞こえてくる。

（い、いいのか？）

彼女は人妻だ。ふたりきりになるのはまずい気がする。でも、話をするだけなら問題ないのではないか。

宏樹は答える代わりに、彼女の手を握り返した。

3

部屋のなかはストーブで暖まっているが、早智子は部屋の隅に立ちつくしてブルブル震えていた。

「こっちのほうが暖かいですよ」

宏樹はストーブに向かうと、手を翳（かざ）しながら声をかける。こういうとき、反射式ストーブの熱気はありがたかった。

なぜか早智子は近づいてこない。

背後で立ちつくしたまま黙りこんでいた。先ほどは手をつないで歩いていたのに、今さら照れているのだろうか。

（もしかして……）

ふたりきりになったことを後悔しているのではないか。

だが、自分から行きたいと言った手前、戻りたいと口に出せず、困っているのかもしれない。

「別に、自分の部屋に戻っても――」

気を使って声をかけようとしたとき、背後から衣擦れの音が聞こえてきた。

「なっ……」

何事かと振り返り、思わず大きな声をあげてしまう。なぜか、早智子が下着姿になっていた。ちょうど今、前かがみになってストッキングをつま先から抜き取るところだった。

「ご、ごめんなさい」

早智子は顔をあげると宏樹の視線に気づき、まっ赤になって自分の身体を抱きしめた。

女体に纏っているのはベージュのブラジャーとパンティだけだ。人妻らしい生活感溢れる下着が生々しい。適度に脂が乗った身体は柔らかそうで、ついつい視線が惹きつけられた。

（み、見ちゃダメだ……）

そう思うが、どうしても凝視してしまう。

乳房はたっぷりしており、カップの縁から柔肉がはみ出している。腰から尻にかけての曲線が男心をくすぐった。パンティが貼りついた恥丘が、こんもり盛りあがっているのも気になって仕方がない。

「な、なにしてるんですか？」

宏樹はやっとのことで視線を女体から引き剝がした。

すると、早智子は自分の身体を抱きしめたまま、今にも泣き出しそうな顔で腰をくねらせた。

「本当にごめんなさい……雪山で遭難したときは、裸で抱き合うといいって聞いたものですから」

申しわけなさそうに謝罪するが、なぜか服を着ようとしない。早智子は自分で脱いでおきながら、顔を赤く染めて恥じらっていた。

(まさか、そんなことを本気で……)

宏樹は呆気に取られて黙りこんだ。

互いの体温で温め合うという話はよく耳にするが、本当に効果があるのかどうかはわからない。実際にやった人の体験談は聞いたことがなかった。興味はあるが、さすがに人妻と試すのはまずいだろう。

「すごく寒いんです」

早智子が恥じらいながらもつぶやいた。

外にいた時間は宏樹よりも長い。その分、身体も冷えている。あの寒さなら間違いなく零下だ。

「だからって……」

宏樹は困惑しながら、またしても女体を見つめていた。

早智子の膝は小刻みに震えている。服を脱いだことで、さらに寒くなったに違いない。

「と、とにかく――」

服を着てください。そう言おうとして、宏樹は言葉を呑みこんだ。

早智子が悲しげな瞳を向けてくる。その瞳を見たら、なにも言えなくなってしまった。

女性に恥をかかせるわけにはいかない。いや、それは口実だ。宏樹も彼女と抱き合って、柔らかい肌に触れてみたかった。

（温め合うだけなら……）

胸にうちで自分に言いわけすると、意を決して立ちあがる。そして、服を脱いでボクサーブリーフ一枚になった。

宏樹は部屋の隅に置いてあった布団をひろげると、立ちつくしている早智子に向き直る。そして、無言で彼女の手を取った。

「あ、あの……」

早智子が震える声でつぶやいた。

ここまで来て怖くなったのかもしれない。だが、宏樹はなにも言わずに女体を抱き寄せた。

彼女の身体は小刻みに震えている。寒さのためなのか、それとも緊張のためなのかわからない。とにかく、身体は芯から冷えきっている。一刻も早く温めたほうがいい。

「布団に入りましょう」

耳もとでささやき、布団へと導いた。

彼女はまったく抵抗しない。女体をしっかり抱いたまま横になり、毛布を首もとまで引きあげた。

早智子も遠慮がちに身体を寄せてくる。ふたりは向かい合った状態で、肌と肌を密着させた。彼女は額を宏樹の胸板に押しつけている。髪からほのかにシャンプーの香りが漂っていた。

「すみません……わがままを言って」

ささやく声が震えている。早智子はうつむいているため顔は見えないが、涙を流しているようだった。

「俺なら構いません」

平静を装って声をかける。

しかし、腹の底では欲望が渦巻いていた。人妻が自分の胸に顔を埋めて涙しているのだ。しかも、彼女は下着しか身に着けていない。この状況で興奮するなというほうが無理な話だ。

（おかしなことになったぞ……）

指先にはブラジャーが触れている。ちょうどホックの部分だ。それを意識することで、さらに緊張が高まり、同時に欲望がむくむくとふくらんだ。

「どうせ暇を持てあましていたところです。長峰さんとお話ができてよかったです」

横になったまま窓の外を見やると、また雪の降り方が激しくなっていた。連泊することになるのは、ほぼ確実だった。

「おやさしいんですね……」

早智子はそう言って、ひっそり泣いた。

ふたりとも無言になった。彼女の考えていることはわからない。だが、深い悲しみを抱えこんでいるのは間違いなかった。

「夫が浮気をしていたんです」

ふいに早智子が口を開いた。

「夏ごろから急に残業が増えておかしいと思っていたんです。そうしたら、偶然、夫が若い女と歩いているところを見かけて……」

そこまで話して早智子はいったん黙りこんだ。こみあげそうになる涙をこらえているようだった。

「家に帰ってから問いつめたら、急に怒りだして……俺を疑うのかって……部下と歩いていただけだって言うんです」

どうやら、逆ギレしてごまかそうとしたらしい。

そういうときに怒る男は、だいたい嘘をついている。そして、女は男の嘘をほとんど見抜いている。

「でも、勘違いってことは……」

見間違いだったり、誤解の可能性もないわけではない。ところが、早智子は即座に首を左右に振った。

「見たんです。ふたりがラブホテルに入っていくところを……」

それは浮気の決定的な証拠だ。

さすがに夫は言い逃れできないだろう。ところが、部下が体調を崩したから休んでいただけだと言い張ったらしい。そして、早智子は夫と口論になり、ついには家を飛び出したという。

宏樹は黙って聞いていることしかできなかった。

夫の浮気で傷ついている早智子に、どんな言葉をかけてあげればいいのかわからない。宏樹は恋愛に疎く、なにより独身だ。慰めてあげたいが、なにも頭に浮かばなかった。

「聞いてくれて、ありがとうございます」

早智子がぽつりとつぶやいた。

たまっていたものを吐き出して、少しすっきりしたのかもしれない。いつの間にか泣きやんでいた。

「まだ寒いです」

早智子が女体を擦り寄せてくる。そして、宏樹の耳もとに唇を寄せてきた。

「ブラ……取ってください」

彼女の言葉にドキリとする。宏樹が固まっていると、早智子は耳に熱い息を吹きこみながら、さらにささやいた。

「もっと肌と肌がくっついたほうが、温かくなると思いませんか」

そう言われて、指先に触れているブラジャーを意識する。

確かにそうかもしれないが、これより先は裸になるしかない。さすがにそれはまずいのではないか。そう思う一方、ひとつの布団に入っている時点で、もう引き返せないのもわかっていた。

（よ、よし……）

こうなったら、行きつくところまで行くしかない。

牡の欲望に突き動かされるまま、震える指先でブラジャーのホックをプツリとはずす。そして、ブラジャーの肩紐をずらすと、カップを引きさげて乳房を剝き出しにした。

「あぁっ」

早智子が頬を染めて恥ずかしげな声を漏らす。そして、肩をすくめながらブラジャーを取り去った。

すかさず毛布のなかを見おろせば、たっぷりしたふくらみが視界に飛びこんできた。白くて大きな乳房は、いかにも柔らかそうに揺れている。曲線の頂点には桜色の乳首がちょこんと乗っていた。

「恥ずかしいです……」

早智子が身体をぴったり寄せてくる。双つの乳房が胸板に押しつけられて、プニュッとひしゃげるのがわかった。

（おおっ、こ、これは！）

蕩けるような感触に陶然となる。

乳房も冷えきっているが、それでも驚くほど柔らかい。宏樹は思わず彼女の背中に手をまわして抱き寄せた。

「はあンっ」

早智子の唇からため息にも似た声が溢れ出す。その声すらも刺激になり、ボクサーブリーフのなかでペニスがむくむくふくらみはじめた。

（や、やばい……）

慌てて気持ちを落ち着かせようとするが、もうどうにもならない。ペニスはあっという間に屹立してしまった。

「田辺さん？」

早智子がとまどいの瞳を向けてくる。

ボクサーブリーフの股間が盛りあがり、硬いものが彼女の下腹部に触れているのだ。それがどういうことなのか、もちろん彼女はわかっている。ところが、いやがっている様子はまったくなかった。

「田辺さんの硬いのが、当たっています」

早智子が眉を八の字に歪めてつぶやいた。

その表情に惹きつけられてしまう。見つめてくる瞳は、いつしかしっとり濡れていた。

「す、すみません……」

反射的に謝罪するが、彼女は小さく首を振った。

「うれしいです……だって、わたしで硬くしてくれたんですよね？」

ドキリとする言葉とは裏腹に、早智子は縋るような瞳になっている。そうあってほしいという彼女の思いが、ひしひしと伝わってきた。

——三十五って、もうおばさんなんでしょうか。

朝食のとき、早智子がつぶやいた言葉を思い出した。

悲しげな声は耳の奥にはっきり残っている。もしかしたら、夫が若い女と浮気をしたことで、女としての自信を失っているのではないか。夫に裏切られて、ひどく傷ついたに違いなかった。

「長峰さんが、魅力的だったから……こんなに……」

宏樹は股間を軽く突き出した。ボクサーブリーフのふくらみが、彼女の柔らかい下腹部にめりこんだ。

「あンっ」

早智子の唇から思いのほか色っぽい声が漏れる。

布地ごしとはいえ、雄々しく勃起したペニスを感じて、興奮しているのかもしれなかった。

「ごめんなさい……男の人を感じるの、久しぶりなんです」

彼女の夫は夏ごろから浮気をしているらしい。おそらく、不倫相手に夢中で相手にしてもらえなかったのだろう。

人肌が恋しかったのかもしれない。だから、裸になって温め合うことを提案してきたのではないか。すでにふたりの身体は火照りはじめており、もう密着している必要はなくなっていた。

ところが、彼女は離れるどころか、宏樹のボクサーブリーフに手を伸ばしてくる。ウエストに指をかけて、じりじりと引きおろしはじめた。

「もっと、密着しませんか」

懇願するような声だった。

「い……いいんですか？」

宏樹もそうしたいのは山々だが、仮にも彼女は人妻だ。勢いだけで関係を持つべきではないと思った。

「じつは昨夜遅く、夫からメールが来たんです」

早智子はボクサーブリーフに指をかけたままつぶやいた。

夫から「すまない。俺が悪かった。帰ってきてくれ」という謝罪のメールが届いたという。めったなことで頭をさげない夫が謝った。しかし、それだけでは腹の虫が治まらなかったらしい。

「きっと、なにかあるたび、浮気されたことを思い出してしまいます。でも、わたしも同じことをすれば、きっと許せると思うんです」

夫の浮気を許すために、自分も浮気をする。そうやって心のバランスを保つつもりなのだろう。

はたしてそれが正解なのかどうかはわからない。とにかく、早智子はこれから先も夫と暮らしていくために、夫以外の男に抱かれることを望んでいた。

「こんなこと、お願いするのは申しわけないんですけど……」

「お、俺なんかで……本当に……」

あとになって彼女が後悔しないか心配だった。宏樹が問いかけると、早智子はこっくりうなずいた。

「誰でもいいわけではありません。田辺さんがおやさしいから、つい甘えてしまって……すみません」

「お、俺は、構いません……う、うれしいくらいです」

緊張で喉がカラカラだった。

いつしか布団のなかには熱気がこもっている。ふたりとも興奮したことにより体温があがっていた。布団と毛布をよけるが、ストーブで部屋が暖まっているので、まったく寒くなかった。

4

「あんまり、見ないでください」

早智子は恥ずかしげにつぶやき、ボクサーブリーフをおろしていく。屹立したペニスが露になり、宏樹の下腹部をペチンッと打った。

「ああっ、大きい」

ひと目見て、早智子が感嘆の声をあげた。

お世辞だとしても、男にとってこれほどうれしい言葉はない。宏樹は気をよくして、彼女のパンティを引きさげにかかった。

薄い布地をずらしていくと、すぐに陰毛がふわっと溢れ出した。漆黒の秘毛は自然な感じで生い茂っている。育ちのよさそうな人妻なのに、下の毛は濃厚というギャップが淫らだった。

「見せる人がいなかったから……」

早智子は手入れしていないことを恥じらうようにつぶやいた。

夫が浮気相手に入れこんでいたため、つい怠ってしまったのだろう。そんなところにも、人妻の悲しみが滲んでいる気がした。

「とても魅力的です」

本心から出た言葉だった。ペニスがますます硬くなり、今すぐ抱きたいという思いがふくれあがっていく。

「そんなこと言ってくれるの、田辺さんだけです」

「旦那さんだって、きっと……」

「夫のことは言わないでください。今だけは……」

早智子が悲しげにつぶやいた。宏樹は小さくうなずき、彼女の下肢からパンティを完全に抜き取った。

「もっと自信を持ってください」

「は、はい……」

早智子もボクサーブリーフを脱がしてくれる。

これでふたりとも生まれたままの姿だ。下半身を剝き出しにすると、あらためて抱き合った。

「あンっ、田辺さん」

「長峰さん……」

背中に手をまわして、そのまま顔を近づける。すると、早智子は睫毛をすっと閉じていく。口づけを待つ仕草だ。宏樹は興奮にまかせて唇を重ねると、いきなり舌をねじこんだ。

「はンンっ」

早智子が微かに鼻を鳴らして、身体を硬直させる。夫ではない男とキスするのは久しぶりなのだろう。緊張しているのが伝わってくる。それでも唇は蕩けそうなほど柔らかかった。

熱い口のなかを舐めまわす。頰の内側や歯茎に舌を這わせて、さらには奥で怯えたように縮こまっている舌をからめとった。

(キ、キス……人妻とキスしてるんだ)

そう思うと、ますます興奮してくる。

舌を吸いあげて、甘い唾液をすすり飲んだ。すると、彼女もお返しとばかりに宏樹の舌を吸ってくれる。喉を鳴らして唾液を飲み、宏樹の口のなかに舌を這わせてきた。

(こ、こんなことまで……)

口のなかを舐められて、思わず心のなかで唸(うな)った。

早智子の積極性に驚かされる。普段はおとなしいが、セックスになると大胆になるタイプかもしれない。それとも、夫に対する当てつけだろうか。いずれにせよ、男を奮い立たせる女性だった。

「ああっ、田辺さん」

早智子は両手で宏樹の頰を挟みこむと、より激しくキスしてきた。

彼女が覆いかぶさる格好になり、舌をジュルジュルと吸いあげては、反対に唾液を流しこんでくる。もともとキスが好きなのか、それとも欲求不満をためこんだ結果なのか。とにかく、濃厚なディープキスだった。

さらに彼女は舌を吸いながら、片手を股間に伸ばしてくる。屹立しているペニスに指をからめて、ゆるゆるとしごきはじめた。

「ううッ……」

たまらず呻き声が溢れ出す。すでに亀頭は我慢汁でぐっしょり濡れており、竿にも大量に垂れていた。

「はぁっ、硬い……夫よりも全然……」

思わずといった感じでつぶやき、早智子の耳がまっ赤に染まっていく。

久しぶりに触れたペニスは夫のものではない。そのことに背徳感を覚えながらも興奮しているのは明らかだ。

添い寝をするような状態から、片脚を宏樹の下肢にからめてくる。恥丘を太腿に擦りつけて、股間をねちっこくしゃくりあげてきた。そんなことまでされて、宏樹の欲望はますますふくれあがった。

「今度は、俺が……」

宏樹は女体を仰向けにすると反撃に転じた。

たっぷりした乳房を揉みしだき、先端で揺れている乳首にむしゃぶりつく。舌をからめて舐め転がせば、すぐにぷっくりと隆起した。

「ああっ、そ、そんな……」

「もう硬くなってますよ。ほら」

硬くなった乳首に唾液を塗りつけては、わざと音を立ててチュウチュウ吸いまくる。舌先で軽く弾くと、女体が敏感そうに反応した。

「あンっ、や、やさしく……してください」

どうやら責められると弱いらしい。先ほどまで積極的だったのに、今はすっかり受け身になっていた。

(そういうことなら……)

自分のペースで楽しませてもらうまでだ。宏樹は双つの乳首を交互にしゃぶり、柔肉を揉みまくった。

「あっ……あっ……」

早智子の唇から切れぎれの喘ぎ声が溢れ出す。愛撫されるのも久しぶりなのだろう。反応は顕著で、仰向けになった女体が艶めかしく揺れはじめた。

「また硬くなってきましたね」

「そ、そんなこと——ひああッ」

硬くなった乳首を甘嚙みしてやれば、早智子はさらに甘い声で喘ぎ泣く。そんな反応に気をよくして、宏樹は乳首をやさしく舐めまわしては歯を立てることを延々とくり返した。

「ひいッ、ひああッ、そんなに胸ばっかり……」

早智子がヒイヒイ喘いでくれるのがたまらない。乳房だけではなく、首すじや腋の下にもむしゃぶりついた。

人妻の女体をねちっこく舐めまわしながら、勃起しているペニスを彼女の腰や太腿に押しつける。グイグイ擦りつけると期待がふくらむのか、早智子はせつなげに眉を歪めて腰をよじった。

「ああンっ、も、もう……」

「もう、なんですか？」

宏樹は惚けて問いかけた。

先ほどから、早智子は内腿をもじもじ擦り合わせている。欲情しているのは間違いない。だが、彼女の口からはっきり聞きたかった。

「乳首、コリコリになってますよ」

舌先でねぶりまわしては、隆起した乳首を再び前歯で甘嚙みした。

「あひンッ……も、もう、許してください」

早智子が物欲しげに腰をよじり、濡れた瞳で懇願してくる。そんな顔をされたら、宏樹のほうが我慢できなかった。

彼女の股間に手を這わせていく。恥丘を撫でまわして陰毛を弄んでから、内腿の隙間に指を滑りこませる。陰唇に触れたとたん、クチュッという湿った音が響き渡った。

「ああぁッ」

早智子の唇が半開きになっている。指先で陰唇を撫であげるたび、抑えきれない喘ぎ声を振りまいた。

「すごく濡れてますよ」

膣口を探り当てると、中指をゆっくり押しこんでいく。膣のなかは燃えるように熱くなっており、さっそく指を締めつけてくる。無数の襞がからみつき、まるで咀嚼するように蠢いた。

(す、すごい……すごいぞ)

ここにペニスを挿れたら、どれほど気持ちいいだろう。想像がふくらみ、思わず我慢汁が溢れ出した。

「そ、そこは……ああっ」

中指をゆっくり出し入れすると、早智子は腰をたまらなそうにくねらせる。内腿を懸命に閉じていたが、だんだん膝が緩んで脚が開きはじめた。

「あっ……あっ……」

「これが気持ちいいんですか？」

宏樹が尋ねると、彼女はガクガクとうなずいて腰をよじった。

「ああっ、指じゃなくて……」

「指じゃなくて？」

「い、挿れて……もう挿れてください」

早智子は瞳を潤ませながら、恥ずかしいおねだりをする。ここまで言わせれば、もう充分だった。

宏樹は女体に覆いかぶさり、脚の間に入りこんだ。膝をぐっと押し開けば、秘めたる人妻の股間が露になった。

（おおっ……）

腹のなかで唸り、思わず目を見開いた。

陰唇は濃いピンクで、ヌラヌラと濡れ光っている。早く肉柱を突き刺してほしくて、華蜜の涙を流していた。

「いきますよ」

声をかけてから、張りつめた亀頭をそっと押し当てる。たったそれだけで、二枚の陰唇が吸いついてきた。

「あァんっ……」

早智子が瞳で訴えてくる。早く挿れてほしくて、今にも涙をこぼしそうになっていた。

ゆっくり腰を押し進める。亀頭が二枚の花弁を巻きこみながら、女の中心部に沈みこんでいく。湿った蜜音とともに、内側にたまっていた透明な汁がトロトロと溢れ出した。

「ああッ、お、大きい、はあああッ」

女体がグッグッと反り返る。まだ亀頭が埋まっただけだが、早智子は喘ぎ声をほとばしらせた。

「ううッ……す、すごい」

いきなりカリ首を締めつけられて、宏樹も呻き声を抑えられない。さらにペニスを押しこみ、一気に根元まで挿入した。

「あううッ、お、奥……深いです」

早智子の下腹部が大きく波打ち、膣が猛烈に収縮する。太幹の根元が膣口で締めあげられて、強烈な快感がひろがった。

「ま、また締まって……ううウッ」

人妻の膣は熱く潤み、大量の華蜜を湛えている。夫以外のペニスでも確実に反応して、膣襞がいっせいにからみついてきた。

「ああッ、田辺さん」

感じているのは早智子も同じらしい。感極まったように名前を呼び、両腕を伸ばして宏樹の首にまわしてきた。

抱き寄せられて上半身を伏せていく。密着する体勢になり、さらに気分が盛りあがる。自然と唇を重ねてキスしながら、腰をクイクイ振りはじめた。根元まで埋まっていたペニスを、さらに膣の深い場所まで送りこんだ。

「あうッ……あううッ」

子宮口を小突くたび、女体に小刻みな震えが走り抜ける。早智子はディープキスをしながら、くぐもった喘ぎ声を振りまいた。

(ああっ、俺も……)

彼女が感じていると思うと、宏樹の興奮も高まっていく。さらに腰を振りまくり、膣の奥をかきまわした。

「はううウッ、お、奥っ、奥はダメですっ」

早智子が唇を振りほどいて訴えてくる。口では「ダメ」と言いながら、宏樹の背中に爪を立てて、股間をクイクイしゃくりあげていた。

「くおおッ、き、気持ちいいっ」

膣道は収縮と弛緩をくり返している。宏樹はたまらず呻き声をあげて、さらに腰を激しく振り立てた。

「おおおッ、おおおおッ」

「ああッ、ダメっ、あああッ」

早智子の喘ぎ声が大きくなる。夫ではない男とセックスしているのに、あからさまに感じていた。

「も、もうっ……あああッ、もうっ」

どうやら絶頂が迫っているらしい。宏樹もペニスが蕩けそうな快感に襲われて、懸命に射精欲を抑えながら腰を振った。

「お、俺も……くおおおッ」

人妻の膣の締まりは凄まじい。必死に耐えようとするが、快感の波が次から次へと押し寄せる。濡れた膣襞で絞りあげられると、もうこれ以上、我慢できそうになかった。

「もうっ、おおおおッ、もうダメですっ」

「あああッ、わたしも、あああッ、ああッ、い、いいっ」

早智子が両手両脚でしがみついてくる。背中に爪を食いこませて、腰の後ろにまわした足首をフックさせた。

「くおおおッ、で、出そうだっ」

「あああああッ、もうダメぇっ」

結合がますます深くなり、ついに絶頂の大波が押し寄せる。とてもではないが耐えられず、一瞬にして愉悦の嵐に呑みこまれた。

「おおおおッ、出る出るっ、ぬおおおおおおおおッ！」

目の前がまっ赤に染まって雄叫び（おたけび）を響かせる。膣奥でペニスが激しく暴れまわり、凄まじい勢いでザーメンを噴きあげた。脳髄まで溶けてしまうかと思うほどの快感がひろがった。

「い、いいっ、イクッ、イクイクッ、あひあああああああッ！」

早智子もよがり泣きを響かせて、女体を大きく仰け反（のけぞ）らせた。宏樹の体にしがみつき、根元まで埋まった肉柱を猛烈に締めあげる。夫以外のペニスを打ちこまれて、女体をビクビク痙攣（けいれん）させた。

ふたりは同時に達すると、抱き合ったまま唇を重ねていく。

絶頂の余韻のなか、舌をからめて唾液を交換する。そうやって深くつながることで、心が安らいでいく気がした。

おそらく、これが最初で最後の交わりだ。

宏樹と早智子は出会ったばかりで、恋愛感情は持っていない。だが、心に傷を抱えた者同士、なにか通じ合うものがあった。


どれくらい時間が経ったのだろう。

ふたりはまだ熱い口づけを交わしていた。心の隙間を埋め合うように、互いの口のなかを舐めまわしている。こうして肌を重ねていると、それだけで心が軽くなる気がした。

「田辺さん……ありがとうございます」

唇を離すと、早智子が虚ろな瞳でつぶやいた。そっと睫毛を伏せたとき、熱い涙が溢れて頬を伝った。

「夫に電話してみます……これで、おあいこですから」

早智子は複雑な表情を浮かべている。

先に浮気をされたとはいえ、夫を裏切った罪悪感があるのかもしれない。でも、これで夫と向き合えるようになったのではないか。同じ立場になったことで、ようやく夫婦で冷静に話ができる気がした。

少しは協力できたのだろうか。欲望のままに抱いただけだが、それでも早智子の口から前向きな言葉が聞けたのはよかった。

「お礼を言わなければならないのは俺のほうです」

宏樹はあらためて女体を抱きしめた。

「心が楽になりました。本当にありがとうございました」

気持ちをこめて感謝を伝える。

触れ合っているだけで、体だけではなく心まで温かくなった。女体が与えてくれる安らぎに感動して、宏樹までもらい泣きしそうになる。こみあげてくるものをグッとこらえると、再び唇を重ねていった。

第三章　悲しみの未亡人

1

月曜日の朝を迎えていた。

昨日は午後になって雪が激しくなった。夜まで降りつづけて、かなりの雪が積もっていた。除雪車は入らず、交通手段は遮断されたままだ。結局、予想どおり連泊することになった。

（今日もダメか……）

宏樹は窓の前に立ち、呆然（ぼうぜん）と外を眺めていた。

まだ雪がしんしんと降っている。吹雪（ふぶき）ではないのが救いだが、この調子だといつになったら帰れるのかわからない。山の麓は除雪がはじまっているかもしれないが、ここまで来るのは時間がかかるだろう。

昨日は思いがけず、人妻の早智子と体の関係を持ってしまった。

彼女が望んだことだが、本当によかったのだろうか。夫の浮気で傷ついていた心が、さらに傷ついたのではないかと心配だった。

しかし、宏樹にとって癒しになったのは間違いない。肌を重ねることで、心がすっと軽くなった。女体から受ける快楽はもちろんだが、誰かに求められていることがうれしくて、それが宏樹に元気を与えていた。

この宿に流れ着いたのは、なにか意味があったのかもしれない。

あの吹雪のなかで野垂れ死んでいてもおかしくなかった。実際、生きることをあきらめかけていた。それなのに、倒れている宏樹のことを桃香が見つけてくれたのだ。

（桃香さん……）

心のなかで名前を呼ぶだけでせつなくなる。

命の恩人というだけではない。なぜかはわからないが、桃香に心を強く惹かれていた。

雪が降ってくれてよかったかもしれない。ここで足止めを喰らうことで、桃香の近くにいられるのだから……。

とにかく、会社に連絡を入れなければならない。

仮に今から除雪が入ったとしても、埋まっているであろう宏樹の車を掘り起こす必要がある。札幌に戻る時間も考慮すると、もう出社するのは不可能だ。今日は有給休暇を取るしかなかった。

時刻は午前九時をまわったところだ。

もう誰か出社しているだろう。気が重いがスマホの電話帳を開き、会社の営業部の番号をタップした。

「はい――」

すぐに電話がつながり、男の低い声で応答があった。

とたんに緊張が走る。声を聞いた瞬間、部長の黒田だとわかった。電話に出た者に伝言を頼むつもりだったが、いきなり黒田が出るとはついていない。こうなったら直接伝えるしかなかった。

「おはようございます。田辺です」

宏樹は緊張ぎみに挨拶する。向こうから見えるはずもないのに、自然と背すじが伸びていた。

「おう、おはよう。どうした？」

意外にも気さくな感じだ。しかし、電話をかけた理由を知れば、激怒するに決まっていた。

「急で申しわけないのですが……本日、有給休暇をいただきたいのですが」

恐るおそる切り出すと、黒田はむっつり黙りこんだ。

「なにかあったのか」

声に苛立ち（いらだ）が滲（にじ）んでいる。ここで返答を誤れば、怒りが爆発するのは目に見えていた。

天候のことを気にかけていなかった自分に落ち度があるのかもしれないが、今回の件は不可抗力という思いもある。怒鳴られたとしても、動けないものは仕方がなかった。

処分を待つ身で、問題を起こすのはまずいとわかっている。だが、これまで会社につくしてきた自分が不正を疑われたことで、不信感が募っていた。処分しだいのところはあるが、会社にしがみつくつもりはなかった。

「じつは――」

宏樹は土曜日に車でふらりと出かけたこと、吹雪で身動きが取れなくなったこと、今は温泉宿に泊まっていることなど、事実を淡々と伝えた。

「そうか……わかった」

黒田は低い声でつぶやいた。

怒鳴られると思っていたので拍子抜けしてしまう。もし、頭ごなしに言われたら反論するつもりでいた。ところが、黒田はいっさい怒らないどころか、すべてを受けとめるような雰囲気だった。

「まだ雪が降っていて、いつ除雪が入るかわからない状況です」

さらにつけ加えるが、やはり黒田は怒らない。もう一度「わかった」とつぶやくだけだった。

「すみませんが、そういうことでお願いします。では――」

宏樹が早々に電話を切ろうとしたとき、ふいに黒田が語りかけてきた。

「例の件だが、明日には処分が出るはずだ」

いつもと声の調子が違う気がする。思わず首をかしげると、黒田はさらに言葉をつづけた。

「いつ札幌に戻ってこられそうだ」

「わかりません。天気しだいです」

　自分でも驚くほど平坦な声だった。

　まるで他人事のように興味が薄れている。札幌から離れたことで、気持ちも仕事から離れていた。

「たとえ雪がやんでも、除雪が入らなければ動けませんから」

　あの厳しい部長に、自分がこんなことを言っているのが信じられない。会社に執着する気持ちが消えたことで、楽に話せるようになっていた。

「なにか困ったことがあったら連絡してくれ」

　黒田はそう言うと通話を切った。

　宏樹の態度をどう取ったのだろうか。少なくとも印象が悪かったのは間違いない。それなのに、一度も声を荒らげなかった。

（見放されてるのかもしれないな）

　それならそれで構わない。もう会社にはなにも期待していなかった。

　宏樹は急いで一階の広間に向かった。

　時刻は午前九時半になるところだ。すっかり遅くなってしまった。さすがにもう食べている人はいないだろう。もしかしたら、朝食を片づけられてしまったかもしれない。ところが、襖(ふすま)を開けると、見知らぬ女性が食事を摂(と)っているところだった。

年は三十代後半だろうか。黒い長袖のワンピースに身を包んでおり、背中にダークブラウンの髪を垂らしている。どことなく品のある女性だった。

(ほかにも泊まってる人がいたのか……)

男性の宿泊客は宏樹だけだと聞いている。そのうえ宿のなかがやけに静かなので、てっきり女性客は早智子だけだと思っていた。

「食べないのかと思いましたよ」

背後から声が聞こえて振り返る。すると、そこにはトレーを手にした勇治が立っていた。

すでに焼き魚や漬物、味噌汁(みそしる)やご飯などが載っている。宏樹が廊下を歩いているのに気づいて、急いで用意してくれたのだろう。

「お、おはようございます」

慌てて挨拶すると、勇治は静かにうなずいた。

そして、宏樹の横をすり抜けて広間に入り、先に食事をしていた女性の隣に料理を並べていく。

（どうして、隣に置いちゃうのかな……）

　思わず胸のうちでつぶやいた。

　初対面の人と話すのが苦手なので、席を少し離してほしかった。だが、勇治としては客同士で話しやすいように気を使ったのかもしれない。それに、彼女が聞いたら不快に思うかもしれないので、なにも言えなかった。

「ごゆっくりどうぞ」

　勇治は料理を並べると、あっさり広間から出ていってしまう。残された宏樹は仕方なく、座卓に歩み寄った。

「失礼します」

　遠慮がちに声をかけながら腰をおろす。

　ところが、彼女は小さく会釈をしただけで、こちらをチラリとも見ようとしなかった。

（あっ、そういうタイプか……）

　完全に周囲と壁を作っている。話しかけないでほしいという空気を全身に纏っていた。

そういうことなら、無理に話しかけるつもりはない。宏樹としても、ヘンに気を使わなくていいので楽だった。

（では、いただきます）

心のなかでつぶやいて箸を取る。

ナメコの味噌汁が唸るほどうまい。勇治は寡黙で厳めしい顔をしているが、料理は繊細で美味だった。

焼き魚を箸でほぐしながら、横目で隣を見やる。すると、黒いワンピースの女性は、味噌汁のお椀を手にしていた。

ぽってりと肉厚の唇を、お椀の縁につけている。今まさに、粘液に覆われたナメコが、唇にヌルリと吸いこまれていくところだった。

（おっ……）

つい卑猥なことを連想してしまう。

小さなキノコが次々と女性の唇に吞みこまれていくのだ。しかも、貴族的な整った顔立ちをしているため、なおさら想像がかき立てられる。鼻筋がすっと通り、切れ長の瞳がクールな印象を与えていた。

こんな女性にペニスをしゃぶられたら、すぐに射精してしまうだろう。そのとき、ふと桃香にペニスを舐めまわされたことを思い出して、下半身に甘い痺れが走り抜けた。

(ダ、ダメだ……今は考えるな)

慌てて視線をそらすと魚を口に運んだ。

ご飯をかきこみ、味噌汁で流しこんでいく。淫らな妄想を頭の隅に押しやり、食べることに集中した。

2

午後になり、雪はいくらか弱まっている。

テレビの天気予報によると、今夜には雪がやみ、天候は回復に向かうとのことだった。除雪作業は夜通し行われるだろう。早ければ、明日の朝には道路が開通するかもしれない。

(そうなったら、桃香さんとも……)

近くにいられる時間はあとわずかだ。

もっと話しておきたい。元来、宏樹は奥手な性格だが、桃香に惹かれる気持ちに突き動かされた。

部屋を出るとフロントに向かう。だが、桃香の姿は見当たらない。廊下を見やると、誰かがしゃがみこんでいるのが見えた。深緑のフレアスカートを穿き、こちらに尻を向けている。隣には青いポリバケツが置いてあった。

（もしかして……）

宏樹は吸い寄せられるように歩み寄った。

やはり桃香だ。髪を邪魔にならないように結いあげて、白いうなじが見えていた。風呂場でペニスを咥えてくれたときと同じだ。ふいに甘い記憶がよみがえりそうになり、慌てて首を振ってかき消した。

宏樹が近づいていることにも気づかず、桃香は雑巾で廊下を拭いている。周囲にはほかに誰もいない。声をかけるなら今しかなかった。

「も……桃香さん」

緊張のあまり声がかすれてしまう。その直後、セーターに包まれた彼女の肩がビクッと跳ねあがった。

「た、田辺さん」

振り返った桃香が双眸を見開いた。

「す、すみません、驚かせるつもりじゃなかったんです」

慌てて謝罪すると、彼女は一拍置いて表情をふっと緩めた。

「わたしのほうこそすみません。集中すると、ほかのことが見えなくなってしまうんです。まわりにも気を配らないといけませんね」

口調が柔らかくてほっとする。

桃香は身体を起こして正座をすると微笑を浮かべた。浴室での一件を気にしているかと思ったが、意外にも普通に接してくれた。

きっと、なかったことにするつもりなのだろう。少し淋しい気もするが、それならそれで構わない。宏樹も胸のうちに大切にしまっておくことにして、今は彼女との会話を楽しみたかった。

「なにか、お手伝いすることはないかと思って。雑巾がけ、俺にもやらせてください」

「いえいえ、とんでもないです。お客さまにお手伝いしていただくわけにはまいりません。これは若女将の仕事ですから」

桃香は恐縮しきっているが、宏樹は構わずバケツに歩み寄る。もう一枚、雑巾が入っていたので、それを絞って彼女の隣でしゃがみこんだ。

「助けていただいたお礼です。ぜひ、お手伝いさせてください」

不思議だった。奥手の自分がこれほど積極的にしゃべっている。それだけ彼女に惹かれているということだろうか。

「でも、お客さまに、お掃除なんて……」

桃香はとまどっている。確かに若女将としては、客に掃除をさせるわけにはいかないだろう。言いたいことはわかるが、宏樹も引く気はなかった。

「俺、あのままだったら死んでいたかもしれないんです。なにか役に立つことをさせてください。そうしないと気がすみません」

彼女の返答を待たず、雑巾で廊下を拭きはじめた。

「田辺さん……」

桃香は困惑していたが、ふっと息を吐き出した。

「意外と強引なんですね」

彼女も四つん這いになった。並んで廊下を拭いていく。思いのほか距離が近くて胸の鼓動が高鳴った。

「感謝の気持ちです」

「はい。ありがたく受け取らせていただきます」

桃香がおどけたようにつぶやいた。そして、目を細めて見つめてくる。視線が重なった瞬間、胸に熱いものがこみあげた。

（ああっ、桃香さん……）

この気持ちはなんだろう。

苦しくて、せつなくて、それなのに愛おしい。四十歳の宏樹が久しく忘れていた感情だ。

遠い昔、青春時代と呼ばれていた懐かしいとき、こういう感情を何度か経験していた。

恋――そう、これは恋に違いない。四十のおじさんが、なにを言っているのだと自分でも思う。だが、人を好きになるのに年齢は関係ない。

（俺……本気で桃香さんのこと……）

どうして、これほど惹かれるのだろう。

よくわからないが、恋とはこういうものかもしれない。思い返してみれば、若いころ、人を好きになるのに理由などなかった。好きになったから好き。理由など考えたこともなかった。

「早く札幌に帰れるといいですね」

雑巾がけしながら桃香が語りかけてくる。ただの雑談にすぎないが、宏樹はうなずくことができなかった。

（このまま雪が降りつづければ……）

ずっとこの宿から出られない。そうなれば、いつまでも桃香といっしょにいられるのだ。

（フッ……バカだな、俺……）

そんなあり得ないことを考えている自分自身に呆れてしまう。

恋は盲目とはよく言ったものだ。札幌に帰らないわけにはいかない。会社に戻れば、なんらかの処分が言い渡されるのに、今は桃香のことしか考えられなくなっていた。

「そういえば、桃香さんも札幌にいたんですよね」

「はい。家電量販店で経理をしていました。狸小路が好きで、よく行っていたんですよ」

桃香が当時を思い出すように目を細める。札幌の碁盤の目状に区画整理された街並みを思い出しているのだろう。

狸小路とは札幌市民に愛されているアーケード商店街だ。様々な店が軒を連ねており、ここに行けばいくらでも時間をつぶせる。歓楽街のすすきのが近くにあるが、宏樹は観光客の少ない狸小路に行くことが多かった。

「俺は七丁目でよく飲んでます。自転車で行けるところに住んでるので、ほぼ毎晩ですね」

独身なので夕飯はほとんど外食ですましている。狸小路七丁目は、もはや庭のようなものだった。

「七丁目ですか」

ふいに桃香の声のトーンが高くなる。懐かしさがこみあげたのだろう。めずらしくテンションがあがっていた。

「わたしもお酒を飲むときは狸小路七丁目でした。青い螺旋(らせん)階段のある小さなビル、ご存知ですか?」

「もちろん知ってます。飲み屋さんがたくさん入ってますよね。あそこの三階にある卵料理の店、すごくうまいんです」

「そこ、わたしも行ってました」

桃香の瞳が輝きを増す。同郷というだけではなく、まさか同じ店に行っていたとは驚きだ。札幌の話ですっかり盛りあがり、いつしかふたりとも掃除の手が完全にとまっていた。

「あそこのマスター、すごくモテるんですよね」

そう言われて思い出す。確かにマスター目当てと思われる女性客をちらほら見かけた。

（もしかして、桃香さんも……）

そう考えると胸の奥がモヤモヤする。すると、桃香がなにかを思い出したように語りかけてきた。

「田辺さん、マスターにナベさんって呼ばれてませんでしたか？」

「ええ、そうですけど……」

「やっぱりそうですか。あのお店で常連さんの話になると、よくお名前があがってましたよ」

「えっ、そうなんですか。いやいや、お恥ずかしい」

意外なつながりが見つかった。うれしくなって、宏樹はいつになく饒舌になっていた。

「最近、あのビルの二階に魚介専門のお店がオープンしたんです。そこも結構うまいんですよ。三階のマスターと違ってゴツイ系ですけど」

「わたし、筋肉質な人のほうが……」

桃香はそう言いかけて頬を染めあげる。盛りあがった勢いで言ってしまったらしい。

宏樹も筋肉質なほうだ。もしかしたら、可能性があるかもしれない。そんなことを考えるだけで、なおさら気分が高揚する。筋肉を見せようと、さりげなさを装ってシャツを腕まくりした。

とにかく、共通の話題があったことで、距離が一気に縮まった気がする。思いきって話しかけてよかった。

そのとき、ふと素朴な疑問が湧きあがる。

少し話しただけでも、札幌が好きな気持ちが伝わってきた。それなのに、どうして札幌を離れたのか気になった。

――三年前のことです。なにもかもいやになって……ふらりと旅に出て、飛びこみでこの宿に泊まりました。

そう言っていたのを思い出す。

よほどいやなことがあったに違いない。そして、今、札幌から遠くはなれた山中にある温泉宿で、若女将として働いている。

「札幌に戻りたくなりませんか？」

華やかな街が恋しくならないのだろうか。そう思って、軽い気持ちで聞いたのが失敗だった。

桃香の顔が見るみる曇り、視線をすっとそらしてしまう。どうやら、触れてはいけないところだったらしい。せっかく盛りあがっていたのに、一気に雰囲気が暗くなった。

「わたし……今とは全然違ったんです」

桃香が言いにくそうに切り出した。しかし、すぐに黙りこんでしまう。なにかを思い出しているのか、うつむいて目を閉じた。

「ごめんなさい……やっぱり、お話しできないです」

ひどく苦しげだった。

桃香の過去になにがあったのかはわからない。とにかく、苦悩している彼女を見ているのはつらかった。

「どうか、誤解なさらないでください。昔のことは、女将さんにしか話していないんです」

絞り出すような声になっている。瞳には涙さえ滲んでいた。

「無理に話さなくても――」

宏樹がとめようとするが、彼女はやめようとしない。眉を八の字に歪めながら語りつづけた。

「女将さんには助けていただいたから、それで……すみません」

「い、いえ、お気になさらず……俺のほうこそ、無神経なことを聞いてすみません」

宏樹は慌てて謝るが、もう桃香は答えてくれない。悲しみをこらえるように、下唇をキュッと嚙みしめた。

いったいなにがあったのだろう。宏樹のように会社でいやなことがあったのか、それともプライベートでなにかあったのか。いずれにせよ、彼女の心の傷となっているのは確かだった。

しばらく沈黙がつづき、桃香が静かに唇を開いた。

「お手伝い、ありがとうございました。今日はこれで終わりにします」

感情のこもらない平坦な声だった。

そう言われたら引きさがるしかない。桃香は心を閉ざしてしまった。今はなにを話しても聞いてもらえないだろう。宏樹は無理にとどまらず、おとなしく自分の部屋に戻った。

3

夕食後、宏樹は温泉に向かった。

雪の降り方が弱くなっているので、浴室の奥にあるガラス戸を開けて露天風呂に出てみた。

心臓がキュッとすくみあがるほどの冷気が全身を包みこむ。明かりは内湯の窓とガラス戸から漏れてくるだけで、なかなか風情のある空間だ。周囲は竹垣で囲まれており、その上に雪が積もっていた。

足もとには平らな岩が敷きつめられている。浴槽は大きな岩を組み合わせて作られた岩風呂で屋根はない。そのため、雪が舞い落ちる様子を楽しめる。吹雪の日に入れなかったのは、この造りのためだ。

浴槽を形作っている岩の一部が加工されており、そこから湯が浴槽に注がれている。湯の流れる音が心地よく響いていた。

宏樹はさっそくかけ湯をすると、浴槽に肩まで浸かった。熱めの湯が、冷えた体を芯から温めてくれる。

「おおうっ……」

思わず声が漏れてしまう。両手で湯を掬って顔を撫でると、大きな岩に寄りかかって伸びをした。

（ああっ、最高だ）

考えてみれば、露天風呂に入るのは久しぶりだ。

仕事が忙しくて、もう何年も旅行をすることはなかった。たまにまとまった休みが取れても、急な仕事が入ったときのことを考えると札幌を離れられない。その結果、休日も札幌近辺で過ごしていた。

会社ではいろいろあったし、今後のことはわからない。それでも、こうして温泉に浸かっていると、長い人生、たまにはこうしてゆっくりできる時間があってもいいのではないかと思えてきた。

しかし、脳裏に浮かぶのは桃香のことだ。

雑巾がけをしている桃香に思いきって声をかけて、途中まではいい感じで会話を交わしていた。しかし、彼女の心に傷に触れてしまったらしい。その後は取りつく島もなかった。

彼女の苦しんでいる顔を思い出すと、宏樹も胸が締めつけられる。

抱えこんでいるものを吐き出してほしい。自分がすべて受けとめてみせる。彼女の心の傷を癒すことはできないかもしれない。それでも、ふたりで背負えば少しは楽になるだろう。

(でも、俺は……)

早ければ明日には札幌に戻らなければならない。それを考えると、どうしても積極的になれなかった。

同じ北海道とはいえ、三百キロ以上は離れている。仮に桃香と親密になれたとしても、この距離は埋めようがない。

宏樹は岩に寄りかかって夜空を見あげた。

細かい雪がハラハラ舞うだけで、今にもやみそうだった。この調子なら今夜は夜通し除雪作業が行われる。道路が開通すれば、宏樹はこの宿を去らなければならない。それを考えると胸が苦しくなった。札幌に戻ったら、今度いつ桃香に会えるかわからない。

(雪よ、降りつづけてくれ……)

天に向かって本気で願った。

自分でも、どうかしていると思う。出会ったばかりで、桃香のことをなにも知らない。それなのに、どうしようもないほど惹かれてしまう。

会社に嫌気が差しているので、札幌に戻りたくないのは事実だ。もしかしたら、現実逃避しているだけだろうか。そうだとしても、今はとにかく桃香のそばにいたかった。

ゆっくり浸かったことで、体が芯から温まってきた。顔が火照り、額に汗が滲んでいた。

宏樹は内湯に戻ると、頭と体を洗って風呂からあがった。

脱衣所で浴衣（ゆかた）を羽織り、さっぱりして廊下に出る。すると、ベンチに腰かけている女性がいた。

背中を壁に預けて、がっくりうつむいている。髪が垂れかかっているため顔はわからない。宿に備えつけの浴衣を着ており、ダークブラウンの髪はしっとり濡（ぬ）れていた。

（違う……桃香さんでも早智子さんでもない）

ふたりとも髪は黒かった。あの髪の色は、おそらく朝食のときいっしょになった女性だろう。

（のぼせたのかな？）

明らかに様子がおかしかった。

朝は話しかけられるのを露骨にいやがっていたが、具合が悪いのなら放っておくことはできない。見知らぬ人、しかも女性に話しかけるのは苦手だが、そんなことは言ってられなかった。

「あ、あの……」

声をかけようとしたそのとき、衝撃的な光景が目に飛びこんできた。

（おおっ！）

危うく大きな声をあげるところだった。

彼女の浴衣の襟もとが乱れている。白い乳房の谷間が大胆にのぞいていた。しかもブラジャーのカップが見当たらない。間違いなくノーブラで、豊満な柔肉のまるみがはっきりわかった。

今朝、広間で見かけたときは、きちんとした身なりをしていた。高貴な匂いすら漂っている女性だった。それなのに、これほど浴衣が乱れているのは、よほど体調が悪くて気がまわらないのかもしれない。

（み、見るな……見ちゃダメだ）

慌てて自分自身に言い聞かせる。

弱っている女性の身体を見て欲情するなど最低だ。懸命に乳房の谷間から視線を引き剝がすと、いったん気持ちを落ち着かせた。しかし、男根はムズムズしている。あと数秒見ていたら、間違いなく勃起していただろう。

「大丈夫ですか？」

驚かせないように、少し離れた場所から声をかけてみる。ところが、聞こえていないのか、彼女はまったく反応しなかった。

「あの……どうかされましたか？」

少しだけ近づき、もう一度、慎重に声をかけた。すると、彼女は微かに首を動かした。

「ううンっ……」

うつむいたままだが小さく唸った。

どうやら、意識はあるようだ。だが、話せる状態ではないらしい。ぐったりしており、顔をあげることもできなかった。

「すぐに人を呼んできます。ちょっと待っててください」

ここは男の自分が対処するより、桃香を呼んできたほうがいい。慌ててフロントに向かおうとしたとき、彼女が小声でなにかつぶやいた。

「……って」

まったく聞き取ることができない。だが、彼女は身体を動かして、懸命になにかを伝えようとしている。

「なんですか？」

宏樹はすぐ隣まで歩み寄り、中腰の姿勢で耳をそばだてる。すると、いきなり手をつかまれた。

「えっ……」

動けないと思っていたので、突然のことに驚いてしまう。反射的に振り払いそうになるが、彼女の手は小刻みに震えていた。

「ま……待って」

声はかすれており、今にも消え入りそうだ。それでも、かろうじて聞き取ることができた。

彼女は気力を振り絞るように顔を持ちあげる。そして、虚(うつ)ろな瞳で見つめてきた。しかし、目の焦点が合っていない。顔は火照っており、見るからに具合が悪そうだ。

「だ、大丈夫です」

「でも、なにかあってからじゃ遅いですから」

「の……のぼせただけですから……」

気持ちはわからなくもない。おおげさにしたくないのだろう。だが、呼吸も乱れており、ここに放置しておくことはできなかった。

「それなら、部屋で横になったほうがいいですよ。歩けますか？」

声をかけると、彼女は首を小さく左右に振る。そして、握ったままの宏樹の手を軽く引いた。

（仕方ないな……）

乗りかかった船だ。宏樹が部屋まで連れていくしかないだろう。

「俺でよかったら肩を貸しますよ」

「お、お願いします……」

彼女が手を伸ばしてくるので、宏樹は腰に手をまわして立ちあがらせた。

しかし、脚にほとんど力が入っておらず、宏樹の首にぶらさがるような状態になっている。転倒したら危ないので、腰をぐっと引き寄せた。

（腰、細いな……）

右の手のひらが、浴衣の上から彼女の腰に触れている。なめらかな曲線を感じてドキドキした。

しかも、体の側面がぴったり密着している。火照った女体の体温までしっかり伝わってくるのだ。いくら彼女の具合が悪いといっても、この状況で平常心を保ちつづけるのは大変だった。

(こ、これは人助けだ……疚しい気持ちなんてないぞ)

心のなかで自分に言いわけするようにつぶやいた。

「じゃ、じゃあ——」

隣をチラリと見やった瞬間、目が釘付けになった。

浴衣の乱れた襟もとから、乳房がはっきり見えている。至近距離から見おろす格好になり、成熟した柔肉のまるみはもちろん、曲線の先端で揺れている紅色の乳首と大きめの乳輪まで確認できた。

(うおっ……)

思わず腹の底で唸った。

のぼせたせいか首すじから胸もとまで、うっすらとピンクに染まっている。しかも、呼吸をハアハアと荒らげているため、たっぷりした乳房が柔らかそうに波打っていた。

先ほどはやり過ごしたのに、今度こそペニスが勃起してしまう。ボクサーブリーフのなかで、瞬く間に屹立してしまった。

（や、やばい……）

自分の股間を見おろせば、浴衣の前があからさまにふくらんでいた。

彼女にバレたら大変なことになる。いたずら目的で近づいたと勘違いされるかもしれなかった。

（と、とにかく部屋まで連れていかないと……）

絶対におかしな行動は取れない。視線を彼女の横顔に移すと、なんとか平静を装って声をかけた。

「い、行きましょう」

彼女の腰をしっかり抱き寄せたまま歩きはじめる。

男根が勃っているため歩きづらいが、彼女は朦朧としているのでバレることはないだろう。

客室はすべて二階だ。廊下を進み、階段の下までやってきた。フロントがすぐ近くにあるが、桃香の姿は見当たらない。やはり宏樹がこのまま彼女を連れていくしかなかった。

「階段ですよ。ゆっくりでいいですから」

腰を支えながら、階段を慎重に一段ずつあがっていく。彼女はときおりふらつくが、それでもなんとか二階まで昇りきった。

「部屋はどこですか？」

顔をのぞきこんで尋ねる。そのとき、濡れた髪から甘いシャンプーの香りが漂ってきた。

反射的に深く吸いこみながら、つい胸もとを見てしまう。すると、浴衣はさらに乱れて、乳房が今にもこぼれ出そうになっていた。

「ゆ、浴衣……み、乱れてますよ」

声をかけるが、彼女はうつむいたまま動かない。具合が悪くて、浴衣に構っている余裕がないのだろう。

（でも、このままってわけには……）

谷間だけならまだしも、乳首まで露出しそうになっているのだ。おそらく、歩いているうちに丸出しになってしまうだろう。

「し、失礼します。浴衣、直します」

宏樹は迷ったすえ、意を決して手を伸ばした。

乳房には触れないように細心の注意を払い、指先で浴衣の襟を摘まんで胸もとを覆い隠す。どさくさに紛れて触りたい気持ちもあったが、さすがにそれはまずいと思って踏みとどまった。

「へ、部屋は……」

もう一度尋ねると、彼女は弱々しく手を持ちあげて指差した。

「そ……そこ……」

幸いにも一番近くの部屋だった。

宏樹は彼女のくびれた腰を引き寄せて、再びゆっくり歩きはじめる。なんとか部屋の前にたどり着き、宏樹は小さく息を吐き出した。

「到着しましたよ。ひとりで歩けますか？」

ひとりにするのは不安だが、女性の部屋に入るのはまずいだろう。やはり、桃香に頼むべきだったかもしれない。そんなことを考えていると、彼女が虚ろな瞳で見あげてきた。

「な、なかまで……お願いします」

弱々しい声だった。

懇願されると断れない。仕方なく、腰を支えたまま室内に足を踏み入れた。

部屋の中央には、すでに布団が敷いてあった。宏樹は手を貸しながら、彼女をそっと横たえた。

「あ……ありがとう……ございます」

力を振り絞るように礼を言ってくれる。だが、顔を苦しげに歪めており、呼吸も荒くなっていた。

「なにか、お手伝いすることはありますか?」

彼女は首を左右に振るが、放っておくことはできない。宏樹はコップで水を飲ませたり、濡れタオルで彼女の額を冷やしたりして介抱した。

4

濡れタオルを何度か替えて、三十分ほど額を冷やしつづけると、彼女の体調は見るみる回復した。

言葉も交わせるようになり、互いに簡単な自己紹介をすましていた。

彼女は真嶋由奈（ましまゆな）。三十七歳の未亡人だった。半年前に夫を病気で亡くして塞ぎこんでいたらしい。

そういえば今朝、彼女は黒いワンピースを着ていた。思い返してみると、喪服のように見えなくもない。もしかしたら、亡き夫に操を立てているのかもしれなかった。

夫婦の間に子供はなく、現在、由奈はひとりで暮らしていた。

夫が遺してくれたものがあるので生活には困っていない。しかし、自宅に引きこもり、ほとんど外出していなかった。だが、このままではいけないと思って温泉に行くことにしたという。

旭川市に住んでおり、長距離バスと路線バスを乗り継いできた。山の麓にあるバス停までは、勇治が宿の車で迎えに来てくれるらしい。

「でも、やっぱり人と話す気がしなくて……」

由奈は上半身を起こして、布団の上に横座りしている。ダークブラウンの髪はだいぶ乾いており、浴衣の肩にはらりと垂れかかっていた。

宏樹は布団の手前に置いた座布団で胡座をかいている。とりあえず、由奈が元気になったことでほっとした。

（美人だよな……）

安心すると、今度は由奈のことが気になってくる。

伏し目がちのせいか、全身からしっとりした雰囲気が漂っていた。浴衣の乱れは直してあり、襟がしっかり重ねられている。乳房の谷間は見えなくなってしまったが、浴衣の布地に柔肉のまるみが浮かびあがっていた。

（これはこれで、なかなか……）

ついつい視線が向いてしまう。乳首のポッチもうっすらとわかり、思わず唾を飲みこんだ。

横に流した脚も色っぽい。浴衣の裾から白い臑とふくらはぎが覗いている。無駄毛は一本もなく、染みや痣も見当たらない。まるで陶磁器のようにツルリとしていた。

ほっそりした足の指の造型まで美しい。爪には真紅のペディキュアが塗ってあり、思わずはっと息を呑んだ。

（な、なんてきれいなんだ……）

喪服のような黒いワンピースを着ていたのに、足の爪は真紅に彩られているのだ。未亡人の秘密を目にしたような衝撃があった。

触れてみたいという衝動がこみあげる。宏樹は自分の膝を強くつかみ、なんとか欲望を抑えこんだ。

「人に会いたくなかったから、朝食もわざと遅い時間に摂っていたんです。同情されたり、好奇の目を向けられたりするのがいやで……」

由奈が弱々しい声で語りつづけている。

夫を亡くしたショックから立ち直れていないのだろう。人と話すのが苦痛だったらしい。

「おかしいでしょう。思いきって外に出たのに、結局、人を避けてるなんて」

「い、いえ、そんなことは……」

宏樹は彼女の脚から視線をそらしてつぶやいた。

「夫が亡くなったあと、いろんな人が近づいてきて、いやなことがたくさんあったんです」

由奈がゆっくり話しはじめる。

もっともつらかったのは、信頼していた身内に裏切られたことだという。亡くなった夫の兄が、由奈を心配して頻繁に様子を見に来ていたらしい。最初はありがたかったが、だんだん言動が怪しくなってきたという。

「すごく見られて……」

そこまで言うと、由奈は下唇を小さく噛んだ。

由奈は美麗な未亡人だ。男たちが放っておくとは思えない。熟れた身体が目当てで近づいてくる輩（やから）もいるのではないか。それが、義兄となると嫌悪感も倍増するに違いなかった。

「ある日、襲われそうになって突き飛ばしたんです。なにもありませんでしたけど、それからは人に会うのも怖くて……」

由奈の声は震えていた。当時のことを思い出したのか、いつしか瞳には涙も滲んでいた。

「まさか、お義兄（にい）さんが……そんな目でわたしのことを見ていたなんて……」

「つらい思いをされたのですね」

彼女の苦悩は想像に余りある。とにかく、男に対して警戒心が強くなっているのは間違いない。今、宏樹とふたりきりの状況は、彼女にとってストレスになっているはずだ。

そういうことなら、早めに引きあげたほうがいいだろう。

「では、俺はそろそろ――」

宏樹が腰を浮かしかけたとき、由奈が慌てた様子で口を開いた。

「田辺さんは大丈夫です」

懇願するような瞳を向けられて困惑する。宏樹は迷ったすえ、再び座布団に腰をおろした。

「肩を貸してもらったとき、わたしの胸が見えたのに、なにもしなかったじゃないですか」

「えっ……」

思わず絶句してしまう。

あのとき、由奈は具合が悪かったので、バレていないと思っていた。しかも乳房だけではなく、紅色の乳首と乳輪まで見えたのだ。

「気づいていましたよ」

「す……すみません」

偶然とはいえ、はだけた襟もとから乳房を見てしまった。申しわけないと思って謝罪するが、彼女は柔らかい笑みを浮かべて首を左右に振った。

「怒っているわけではありません。田辺さんはわたしを助けてくれました。身体に触れることもできたのに、なにもしなかった。紳士的に接してくれたことに感謝しているんです」

「そ、そんなおおげさなものじゃ……」

「このままでは男性不信になるところでした。でも、田辺さんと出会ったことで、悪い人ばかりではないと思えるようになったんです」

由奈はそう言って笑いかけてくる。

だが、実際は女体に欲情していた。手のひらに感じるくびれた腰の曲線や、視界の隅に映る乳房が気になって仕方なかった。彼女の具合があまりにも悪そうなので、かろうじて一線を越えなかっただけの話だ。

「俺は紳士なんかじゃないです。会社でもいろいろあって、これからどうなるかもわからないような男なんです」

宏樹は自分の置かれている状況を説明した。苛立ちを吐き出すように、一気に捲し立ててしまった。

「それで、この温泉に？」

「せめて休日だけでも札幌から離れたくて……現実逃避ってやつです」

すべてを話した直後、思わず自嘲的な笑みが漏れてしまう。あらためて振り返ると、情けなくて仕方なかった。

「素直な方なんですね」

由奈がポツリとつぶやいた。そして、やさしげな眼差しを送ってくる。

「亡くなった夫も、似たようなことがありました。上司の不正に薄々気づきながらも黙っているうちに、共犯と思われてしまったんです。疑うより、まずは信じようとする人だったから……田辺さんも同じですね」

「真嶋さんの旦那さんも……」

「見た目もちょっと似ている気がします」

そう言って、由奈は眩しそうに目を細めた。

見つめられると照れくさい。宏樹はどう答えるべきか迷って、おどおどと視線をそらした。

「こっちに来てください」

由奈が横座りしたまま、敷き布団の上を手のひらで軽くポンポンとたたいた。

「で、でも……」

さすがに躊躇してしまう。

もちろん由奈は魅力的だが、先ほどはじめて言葉を交わしたばかりだ。そんな女性と布団の上で並んで座るのはまずい気がした。

「わたしの隣は、いやですか?」

ふいに由奈の表情が翳ってしまう。夫を亡くした悲しみから立ち直ろうとしている彼女を、再び落ちこませたくなかった。

「い、いやなはずないですよ」

宏樹は慌てて彼女の隣に移動する。距離を取るのもおかしいので、すぐ隣で胡座をかいた。

「ただ、ちょっと緊張してしまって……真嶋さんが、あんまり魅力的だから」

沈んだ空気を変えたくて軽口をたたくと、とたんに由奈の表情がパッと明るくなった。

「まあ、お上手ね」

そう言って、宏樹の太腿に軽く触れてくる。浴衣の上からだが、彼女の柔らかい手のひらの感触が確かに伝わってきた。

(ど、どういうつもりだ?)

宏樹は思わず固まった。

この状況でボディタッチしてくるとは、なにを考えているのだろう。こんなことをしたら勘違いする男がいるのは当たり前だ。もしかしたら、義兄のことも自分から誘ったのではないか。

そんなことを考えている間も、彼女の手は太腿に置かれたままだ。しかも、指先を動かして、浴衣の裾をすこしずつはだけていく。やがて脚が剝き出しになると、直接、太腿に手のひらを重ねてきた。

「ま、真嶋さん、こんなこと……」

「勘違いしないでくださいね。お義兄さんには、指一本触れてませんから」

まるで宏樹の内心を見透かしたような言葉だった。

「夫が亡くなってから、ずっとひとりだったんです」

由奈が身体をすっと寄せてくる。耳もとでささやきながら、太腿をゆっくり撫ではじめた。

5

いったんは収まっていたペニスが、またしてもふくらみはじめる。

太腿を撫でられるのが心地いい。由奈の手のひらは、内腿に入りこみ、股間へ向かってジリジリと這いあがっていた。

彼女の手首が浴衣の裾をかきわけて、さらに前が開いていく。グレーのボクサーブリーフが露になり、ほっそりした指先が内腿のつけ根のきわどい部分に到達した。

「そ、それ以上は……」

宏樹の声は情けなく震えている。

ボクサーブリーフと内腿の境目を、指先でやさしく撫でられているのだ。ゾクゾクするような快感が湧きあがり、ペニスがさらに屹立した。

「また大きくなってますよ」

由奈が耳に熱い息を吹きこみながらささやき、ボクサーブリーフの裾から指を潜りこませてくる。柔らかい指先が硬くなった肉棒に触れて、ツツーッと撫でまわしてきた。

「ううっ……い、いけません」

宏樹は小声でつぶやくが、彼女の手を振り払うことはできない。胡座をかいたまま、両手を背後について体を軽く反らしていた。

「どうしてですか。わたしも田辺さんも独り身ですよ」

　またしても耳に息を吹きこまれる。指先は硬直した竿の表面を這っており、ゾクゾクするような快感が押し寄せてきた。

「さっきも大きくなってましたよね」

　由奈が潤んだ瞳で見つめてくる。もちろん、その間も指先は肉棒をねっとり撫でていた。

　どうやら、気づいていたらしい。由奈に肩を貸して歩いているとき、どうしようもなく勃起してしまった。ごまかしたつもりだったが、彼女は具合が悪くてもしっかり見ていたのだ。

「それなのに、ちゃんと介抱してくれて、ありがとうございます」

　この状況で礼を言われても、まともに返事をすることができない。勃起したペニスを指先で撫でられて、今にも快楽の呻き声が漏れそうだった。

「お礼をさせてください」

　由奈はそう言うなり、宏樹の耳に口づけしてくる。またしても熱い息を吹きこみ、耳たぶを甘噛みしてきた。

「うっ、ううっ……ま、真嶋さんっ」

「お願いです。断らないでください」

切実な声だった。指先で男根をいじりつつ、宏樹の耳たぶを舐めしゃぶっている。やっていることは大胆だが、声には懇願の響きがまじっていた。

「半年、なにもないから……」

由奈の手がボクサーブリーフのなかに入りこみ、指を太幹に巻きつけてしっかりつかんだ。

「ああっ、硬い……すごく硬いです」

「くううッ」

宏樹は呻くことしかできない。ただ握られているだけなのに、痺(しび)れるような快感がひろがっていた。

「こんなことして、ごめんなさい。でも、もうやめられないの。男の人に触れるの、久しぶりだから……」

そうつぶやく由奈の瞳には涙が滲んでいる。

半年前に夫が亡くなってから、ほとんど家に引きこもっていたという。夫は病に伏していたため、実際にセックスしたのはかなり前になるはずだ。熟れた身体を持てあましていたとしてもおかしくなかった。

（でも……）

彼女はまだ夫のことを想いつづけている。それがわかるから、どうしても躊躇してしまう。

「真嶋さんは今でも旦那さんのことを――」

「このままでは、夫も喜ばないと思うんです。きっと、わたしが幸せになることを望んでいるはずです」

由奈の瞳から覚悟が伝わってきた。

ただ単に欲求不満を解消するだけではなく、夫以外の男と交わることで前に進もうとしているのではないか。彼女の真剣な眼差しを見ていると、そんな気がしてならなかった。

「ま、真嶋さん――」

「由奈です……今は由奈って呼んでください」

女として扱われることを望んでいるのだろう。由奈はペニスを握ったまま、見つめてきた。

「ゆ……由奈さん」

意を決して呼びかける。たったそれだけのことで、一気に距離が縮まった気がした。

由奈が目を細めてつぶやき、ペニスをゆったりしごきはじめる。甘い感覚がひろがり、先端から我慢汁が溢（あふ）れるのがわかった。

「うれしい……」

「お、俺、もう……」

男根がますますふくれあがる。魅惑的な未亡人に誘われて、宏樹も欲望を抑えきれなくなっていた。

「もう、どうなっても知りませんよ」

彼女の肩をつかむと、布団の上に押し倒す。そのまま覆いかぶさり、いきなり唇を重ねていった。

「由奈さんっ……うむむっ」

「はンンっ」

由奈は微かな声を漏らすだけで抵抗しない。だが、ぽってりと肉厚の唇は小刻みに震えていた。

（やっぱり、旦那さんのことを……）

亡き夫のことが脳裏に浮かんでいるのではないか。しかし、これは由奈自身が望んだことだ。宏樹は構うことなく震える唇を舐めまわすと、舌を口のなかに忍ばせた。

「た、田辺さん……あふンンっ」

眉をせつなげに歪めた表情が色っぽい。

由奈は両手を宏樹の肩にそっと添えて、顎を少し上向かせていた。心のなかでは葛藤しているのが、八の字にたわんだ眉から伝わってくる。それでも、夫ではない男の口づけを受けとめていた。

彼女がどう思っていようと、宏樹の欲望には火がついている。ここまで来たら、もう途中でやめることはできない。柔らかい口内を舐めまわすと、舌をからめとって吸いあげた。

「はあンンっ」

由奈が甘い声を漏らしてくれるから、ますます気分が盛りあがる。甘露のような唾液をすすりあげると、躊躇することなく嚥下(えんげ)した。

(ああっ、最高だ……最高だよ)

彼女の味を知ったことで、ペニスはさらに反り返った。

お返しとばかりに唾液を流しこめば、由奈は困った様子で見つめてくる。しかし、そのままディープキスをつづけると、喉をコクコクならしながら飲みくだしてくれた。

唇を重ねたまま、右手を彼女の胸もとに伸ばしていく。浴衣の上から触れただけでも、柔肉のたっぷりした感触が伝わってくる。すぐに我慢できなくなり、襟もとから手を滑りこませた。

「ああンっ、た、田辺さんっ」

由奈が唇を離して、小さく喘いだ。

宏樹の手は乳房にぴったり重なっている。指を少し曲げるだけで、いとも簡単に柔肉のなかへと沈みこんだ。

(おおっ、す、すごいぞ)

かつてこれほど柔らかい乳房に触れたことはない。今にも溶けて、指の間から流れ出してしまいそうだ。

「あっ……はンンっ」

ゆったり揉みあげれば、由奈はすぐに息を乱しはじめる。

浴衣の前は半開きになり、豊満な乳房が双つとも剝き出しになっていた。紅色の乳首が刺激を受けてぷっくりふくらんでいる。指の股に挟みこんで刺激しながら、乳房をじっくりこねまわした。

「ああンっ、そんなに胸ばっかり……」

由奈が焦れたように腰をよじらせる。女体が燃えあがったのか、潤んだ瞳で訴えかけてきた。

「ほかのところも触ってほしいんですか？」

指先で乳首を摘まみあげる。グミのような感触を楽しみながら、クニクニと転がした。

「そ、そこは、敏感だから——ひンンッ」

少し力を入れると、とたんに喘ぎ声が裏返る。女体がビクッと震えて、小刻みに震え出した。

「ああっ、お、お願い……お願いします」

「じゃあ、別のところをかわいがってあげますよ」

宏樹は体を起こすと、まずは浴衣と窮屈なボクサーブリーフを脱ぎ捨てる。勃起したペニスが跳ねあがり、自分の下腹部をペチンッと打った。

「す、すごい……」

由奈が思わずといった感じでつぶやいた。

隆々とそそり勃つペニスは、まるで鎌首をもたげたコブラのようだ。逞しい男根を目にして、彼女の瞳が妖しく輝き出した。

「由奈さんも脱いでください」

浴衣を剝ぎ取ると、由奈は両腕で乳房を抱くようにして覆い隠す。そうやって恥じらいを忘れない姿が、ますます牡の欲望を煽り立てた。

今、彼女が身に着けているのは純白レースのパンティだけだ。尻が大きく左右に張り出しているため、腰の細さがなおさら際立っている。むっちりと熟れた女体から匂い立つような色香が感じられた。

ウエストに指をかけると、わざとじりじり引きおろしていく。やがて恥丘を彩る漆黒の陰毛が現れる。短く刈られて、小判形に手入れされていた。

「は、恥ずかしいです」

由奈の顔はまっ赤に染まっている。内腿をぴったり閉じて股間をガードすると、片手で恥丘を覆い隠してしまう。それでも宏樹はパンティを引きおろしてつま先から抜き取った。

「い、いや……」

由奈の唇から恥じらいの言葉が漏れた。

これで彼女は一糸纏わぬ姿になった。乳房と股間を隠そうとするが、そんな姿がなおさら牡の劣情を刺激する。宏樹は鼻息を荒らげながら、彼女の左足首をつかんで持ちあげた。

「な、なにをするんですか？」

由奈は内股になって必死に股間をガードしている。だが、宏樹は股間には目もくれず、真紅のペディキュアが塗られた足指を見つめていた。

地味な黒いワンピースを着ていたが、こういうところに隠しきれない女の性が滲んでいる。夫を失って悲しみに沈んでいても、女として見られたい欲望が募っていたのだろう。

真紅のペディキュアには未亡人の欲求と願望がつまっている。だからこそ、彼女の足指を見ると宏樹も異常なほど昂るのだ。

欲望のまま、由奈のつま先にむしゃぶりついていく。口に含むなり、舌を伸ばして這いまわらせた。

「ひいッ、い、いやっ」

由奈の唇から拒絶の声が溢れ出す。

まさか足を舐められるとは思っていなかったのだろう。しかも、宏樹の舌は指の間に入りこみ、ヌルヌルと這いまわっている。由奈はくすぐったそうに腰をよじり、顔を見るみるまっ赤に染めあげた。

「ひンンッ、そ、そんなにしたら……」

彼女の声を聞きながら、足の親指から小指に向かって一本いっぽん丁寧に舐めあげる。もちろん、指の間に舌を這わせると、唾液をたっぷり塗りつけてしゃぶり抜いた。

「ひあぁッ、ダ、ダメですっ」

感じているのか拒絶しているのかわからない。由奈は甘い声をあげて身をよじり、濡れた瞳で見あげてくる。内腿をしきりに擦り合わせて、裏返った声でヒイヒイ喘いでいた。

(ようし、そろそろ……)

宏樹は左右のつま先をじっくり舐めると、いよいよ膝に手をかける。そのとき、ふいに由奈が身体を起こした。

「今度はわたしの番です」

そう言うなり、宏樹を布団の上に押し倒す。そして、脚の間に入りこんで這いつくばると、屹立したペニスに手を添えてきた。

「ゆ、由奈さん」

宏樹は自分の股間を見おろして、思わず息を呑んだ。

美麗な未亡人が四つん這いになり、顔をペニスに寄せているのだ。ぽってりした唇が、今にも亀頭に触れそうになっていた。

「ああっ、素敵です」

由奈が深呼吸をくり返す。濃厚な牡の匂いが漂っているのに、うっとりした表情で堪能していた。

「こんなこと、夫にしか……」

小声でささやくと、亀頭の裏側にキスしてくる。唇が軽く触れただけで、痺れるような快感がひろがった。

(ううッ、由奈さんの唇が……)

宏樹は布団の上で仰向けになり、脚を大きく開いた状態だ。亀頭を濡らしている我慢汁を、由奈が味わうように舌先で舐めていた。

「男の人の匂い、久しぶりなんです。ああっ、興奮しちゃう」

由奈はそう言うと、ペニスの先端を咥えこんだ。

亀頭を呑みこみ、唇がカリ首にぴったり密着する。そのまま太幹の表面をヌルヌル滑り、反り返った肉棒が根元まで口内に収まった。

「おううッ、あ、熱い……すごく熱くて柔らかいです」

さっそく彼女の舌がからみついてくる。亀頭を飴玉のように舐めまわしたかと思うと、張り出したカリの周囲をくすぐってきた。

「あふっ……はむンっ」

由奈は微かに鼻を鳴らしながら、宏樹の顔を見あげている。反応を見つつ、ペニスに快感を送りこんでいた。

「だ、大胆なんですね……うむむっ」

たまらず唸ると、彼女はうれしそうに目を細める。そして、ゆったり首を振りはじめた。

「あむっ……ンふっ……あンンっ」

由奈は宏樹の顔を見つめたまま唇を滑らせている。男が感じている姿が好きなのか。決して視線をそらそうとしなかった。

（由奈さんが、こんなことまでするなんて……）

信じられない光景が展開されていた。

今朝、広間で見かけたときは、こんなことになるとは思いもしない。男を寄せつけない雰囲気で、目も合わせてくれなかったのに、今は嬉々としてペニスを咥えているのだ。

「あンっ、大きい……大きくて硬いです」

由奈がくぐもった声でつぶやきながら首を振る。

肉厚の唇が硬くなった肉竿を擦(こす)りあげるのがたまらない。ヌルッ、ヌルッと滑るたび、腰が震えるほどの快感が駆け抜ける。とくに敏感なカリ首を擦られると、射精欲がどんどんふくれあがった。

「ううッ、き、気持ちいい」

未亡人のフェラチオが最高の興奮をもたらしている。

とてもではないが黙っていられない。感じていることを告げると、彼女の首の振り方が激しさを増していく。さらには頰が窪(くぼ)むほど吸茎されて、射精欲が急激に膨脹した。

「も、もう……うううッ、もうやばいですっ」

このままでは暴発してしまう。慌てて訴えると、由奈はすぐにペニスを吐き出した。

「まだ出したらダメですよ」

そう言われて、尻の筋肉に力をこめる。なんとか射精欲を抑えこみ、大きく息を吐き出したときだった。

「わたし、上に乗るのが好きなんです」

由奈が恥ずかしげにつぶやき、宏樹の股間にまたがってきた。そのとき、片脚をあげたことで女陰が露になった。

（あ、あれが、由奈さんの……）

コンマ何秒の出来事だが、一瞬で網膜に焼きついた。

陰唇は毒々しいほど濃い紅色で、少し型崩れして伸びている。ある程度の経験を積んでいるのは間違いない。しかも、たっぷりの愛蜜で潤っており、ヌラヌラと光っていた。

豊満な乳房も剝き出しで、まるでプリンのように揺れている。先端の乳首は硬くとがり勃ち、大きめの乳輪までドーム状に隆起していた。

「ほ、本当に俺でも？」

「田辺さんがいいんです……あっ」

亀頭が女陰に触れた瞬間、女体がわずかに硬直する。由奈は握った竿を前後に動かして、密着している亀頭で膣口（ちつこう）を探った。

「ずっと欲しかったの……はンンっ」

由奈が腰をゆっくり下降させる。亀頭が二枚の陰唇を押し開き、少しずつ埋没していく。

「ううっ、さ、先っぽが……」

「こ、こんなの入らないわ」

そう言いながらも由奈はさらに腰を落としてくる。やがて一番太いカリの部分が、ヌプッという音とともに膣内に収まった。

「あううッ、お、大きいっ」

由奈が眉をたわめて訴える。両手を宏樹の腹に置き、中腰で膝を左右に開いたはしたない格好だ。女の割れ目にペニスがはまり、さっそく膣口でカリ首を締めあげてきた。

「こ、これは……くううッ」

いきなり快感の波が押し寄せる。両手を握りしめて耐えるが、彼女はさらに腰を落としこんできた。

「ああッ、も、もっと……」

「ちょ、ま、待って……うううッ」

そそり勃った肉柱が、どんどん膣内に呑みこまれていく。

首を持ちあげて股間を見おろせば、まるでペニスが陰唇に食べられているようだ。太幹が徐々に女壺のなかへと消えて、ついにはふたりの股間がぴったり密着した。

「ああぁッ、すごいこれ……こ、こんなに奥まで……」

由奈は完全に腰を落としており、背中を軽く反らしている。硬いペニスの感触を味わっているのか、腰をゆったりまわしていた。

「あっ……あっ……」

「ゆ、由奈さんっ、まだ動かないで」

宏樹の訴えは無視されて、由奈は腰をまわしつづける。

熱くうねる媚肉の感触がたまらない。由奈の楕円形の陰毛と、宏樹の伸び放題の陰毛が擦れ合い、乾いた音を立てている。無数の膣襞がからみつき、太幹が四方八方から揉みくちゃにされた。

「ううッ、す、すごいっ」

「ああンっ、太いから擦れちゃう」

宏樹が呻けば、由奈は甘い声を響かせる。ペニスを根元まで呑みこんだ状態で女体をくねらせて、ギリギリと締めつけてきた。

「くおおッ」

「硬いんです……ああッ、もう我慢できない」

由奈の瞳がさらに潤み、もはや焦点が合っていない。宏樹の顔をぼんやり見おろしながら、腰を前後に動かしはじめた。

ペニスを根元まで呑みこんだまま、陰毛を擦りつけるような動きだ。由奈は股間をゆったりしゃくりあげて、太幹を思いきり締めつけてきた。膣のなかは蕩けそうなほど柔らかいのに、収縮したときの感触は強烈だった。

「ああンっ……これ……これが欲しかったんです」

「き、気持ちいいっ、くううッ」

「もっと……もっと気持ちよくなってください」

由奈の腰の動きがどんどん速くなっていく。結合部分からは湿った蜜音が響いており、淫靡な空気が濃厚に漂いはじめた。

ほっそりした指先が胸板に伸びてくる。そして、宏樹のふたつの乳首をいじりまわしてきた。軽く触れてやさしく転がすだけだが、それでも甘い感覚がひろがった。

「くううッ、そ、そこは……」

「敏感なんですね。じゃあ、これはどうですか？」

今度は乳首を指先で摘まれる。キュッと刺激されて、思わず反射的に腰を突きあげた。

「はああッ、ダ、ダメです」

由奈が慌てた様子で首を左右に振りたくる。

亀頭が深い場所まではまりこみ、強い刺激が走り抜けたらしい。女体が仰け反り、大きな乳房がタプンッと揺れた。

「田辺さんは動かないでください」

あくまでも自分のペースで快楽を貪りたいらしい。再び宏樹の乳首をいじりながら、股間をしゃくりはじめた。

「うッ、ううッ……」

このままだとすぐに達してしまう。

自分が主体で動ければ加減ができるが、受け身で快楽を与えられるだけだと耐えるのがむずかしかった。

「だ、旦那さんとも、こんなセックスをしてたんですか？」

亡くなった夫のことを話題に出すべきではない。わかっているが、どうしても気になった。今なら彼女も素直に答えてくれる気がした。

「違います……夫のときは普通でした」

由奈は前かがみになると、乳首に舌を這わせてくる。指でいじりまわされて硬くなったところをしゃぶられて、甘い快感が波紋のようにひろがった。

「ううッ……じゃ、じゃあ、どうしてこんなことを……」

「一度でいいからやってみたかったんです。でも、恥ずかしくて言えなかった。だから……」

夫とするときは受け身のセックスだったらしい。しかし、彼女の望みは違っていた。それを伝える前に、夫は亡くなってしまったのだ。

「もう、後悔はしたくないんです」

由奈は双つの乳首を交互にしゃぶり、前歯で甘噛みしてくる。とたんに鮮烈な快感がひろがった。

「ひううッ、か、噛んだりしたら……」

「ふふっ……気持ちいいでしょう？」

最初は遠慮がちだったが、どんどん大胆になっていく。由奈は上半身を起こすと、腰の動きを前後動から上下動に切り替えた。

「あッ……あッ……」

膝の屈伸を利用したピストンだ。乳房の揺れが大きくなり、視覚的にも欲望を煽られた。

「き、気持ちいいっ、くうううッ」

「ああッ、うれしい……本当は上に乗るのもはじめてなんです」

由奈が熟れた尻を上下に弾ませながら笑いかけてくる。はじめての騎乗位で男を責めて、彼女も興奮を昂ぶらせていた。

「これ、奥に当たって……あああッ」

「お、俺も気持ちよすぎて……うむッ」

両手を伸ばすと、目の前で弾んでいる乳房を揉みあげる。奇跡のような柔らかさを堪能しては、乳首を指先で摘まんで転がした。

「はあああッ、い、いいっ」

膣がキュウッと締まって男根を締めつける。それでも、由奈は腰の動きを緩めず、ますます激しく振り立てた。

「おおッ……おおおッ」

確実に最後の瞬間が近づいている。愛蜜にまみれたペニスが、濡れ襞でしごかれているのだ。締まりも強烈で、膣道の奥へ奥へと引きこまれた。

「おおおッ、も、もうっ……おおおッ」

「出そうなんですね、あああッ、わたしも」

由奈も顔を火照らせて、より激しく腰を振りはじめる。尻を思いきり打ちおろし、そそり勃った肉柱を深い場所まで呑みこんだ。

「くおおおおッ、で、出るっ、出る出るっ、ぬおおおおおおおッ！」

雄叫(おたけ)びをあげながらペニスを思いきり脈動させる。膣の最深部で大量の精液を噴きあげて、睾丸(こうがん)が空になるまで注ぎこんだ。

「ひあああッ、い、いいっ、はあああッ、イクッ、イックうううッ！」

ついに由奈もアクメの嬌声(きょうせい)を響かせる。女体が大きく仰け反り、ビクビク痙攣(けいれん)しながら昇りつめた。

「おおおッ、ま、まだ出るっ、うううううッ」

膣が猛烈に締まっている。延々と精液を放出しているペニスを、さらにきつく食いしめた。

「ありがとう……ございます」

絶頂の余韻がようやく冷めてくると、由奈がぽつりとつぶやいた。

ふたりは裸のまま布団に横たわっている。すでに結合は解いているが、裸体をぴったり寄せ合っていた。

「これで、やっと前に進めそうです。田辺さんのおかげです」

「俺は……別に……」

感謝の言葉を向けられると困惑してしまう。

宏樹は人助けのつもりで、彼女のことを抱いたわけではない。ただ欲望に流されただけだった。それなのに、由奈は女体をぴったり押しつけると、感謝の印とばかりに口づけした。

「田辺さんに会わなかったら、また引きこもっていたかもしれません。田辺さんはわたしの恩人です」

思いもしない言葉だった。

なにもかもいやになり、札幌から逃げ出してきた。いっそのこと、このまま大雪がつづいて、永遠に帰れなくなればいいと思っていた。現実逃避に走った情けない男が、本気で感謝されている。

(俺が……恩人……この俺が……)

なにか不思議な気分だ。

会社では処分待ちの身で、もしかしたら無職になるかもしれない。そんなどうしようもない自分にも存在価値があると言われた気がして照れくさい。だが、その一方で心がほっこり温かくなっていた。

そのとき、ふいに桃香の顔が脳裏に浮かんだ。

宏樹は桃香に命を救われた。彼女が助けに来てくれなければ、確実に命を落としていただろう。宏樹の恩人は桃香だ。だが、由奈のように、しっかり感謝の言葉を伝えただろうか。

（俺は、なにもしてないじゃないか）

今さらながら、そのことに気づいて愕然とする。

桃香も過去になにかあったらしい。しかも、いまだに人に打ち明けられないということは、よほど心に大きな傷を抱えているのではないか。その傷を癒せる男になりたかった。

（なにか俺にできることは……）

誰かのたったひと言だけで、心が温かくなることもある。それを由奈に教えてもらった。たとえほんの少しでも、桃香の力になりたかった。

「由奈さん、ありがとうございます。俺も元気をわけてもらった気がします」

なぜだろう、胸に熱いものがこみあげている。

感謝の気持ちを言葉にすると、由奈は瞳を潤ませながら、にっこり微笑(ほほえ)んでくれた。

心に傷を抱えた者同士、わかり合えるものがあるのかもしれない。もう言葉はいらなかった。ふたりはきつく抱き合って、吸い寄せられるように熱い口づけを交わした。

第四章　雪を溶かす情熱

1

火曜日の朝を迎えた。

天候はすっかり回復しており、窓から眩（まばゆ）い朝日が差しこんでいる。外を見やると雪が反射して、キラキラと輝いていた。

空気が澄んでいるのか、遠くの山々まで見渡せる。桃香から景色がきれいだと聞いていたが、確かに絶景だった。

しかし、見惚（みと）れてばかりもいられない。今日も出社できないので、会社に連絡を入れなければならなかった。

宏樹は目が覚めると、すぐフロントに行って桃香に除雪の状況を確認した。

昨夜から今朝にかけて、山の麓から宿までの道は除雪が入ったという。ところが、宏樹の車はまだ雪に埋まっていた。まずは幹線道路が優先なので、仕方のないことだった。

時刻は午前九時になるところだ。

スマホを取り出して、電話帳を開いたところで躊躇（ちゅうちょ）する。会社に電話するつもりだったが、いっそのこと部長に直接連絡したほうがいいかもしれない。どうせあとでなにか言われるのは目に見えていた。

（よし……）

一時的に避けたところで意味はない。気合を入れ直すと、部長のスマホに直接電話をかけた。

「はい――」

まるで待ち構えていたように黒田の声が聞こえてくる。宏樹の番号が登録してあったのだろう、こちらが挨拶する前に話しはじめた。

「田辺だな。今日は出社できそうか？」

「いえ……やっと道路が開通したところで……」

いきなり本題に入ったことで焦ってしまう。宏樹がつぶやくように伝えると、黒田が息を吐き出すのがわかった。

「自分の立場をわかってるのか。さすがに二日連続で休むとなると印象が悪くなるぞ」

声に苛立ちが感じられる。怒鳴られるかと思ったが意外に冷静だ。しかし、怒りを懸命に抑えこんでいるのが伝わってきた。

「会社に残りたいなら早く帰ってこい」

黒田はそう言うが、実際のところ会社に残りたいとは思っていない。不正を疑われたことで不信感が募っている。もはや自分から辞めることさえ考えるようになっていた。

「いいか、おまえは処分待ちの状態なんだぞ。人事部としては、昨日、伝えたかったらしい。事情を話して待ってもらってるんだ」

「そんなこと言われても、動けないんだから仕方ないじゃないですか」

頭で考えるより先に反論してしまう。

自分はなにも悪くない。不正にはいっさいかかわっていないし、大雪が降ったのも不可抗力だ。それでも、これまでの宏樹なら、当然のように謝罪していただろう。それが社会人としての常識だと思っていた。だが、もう自分に非のないことで頭をさげるつもりはなかった。

「処分、処分っておっしゃいますけど、そもそも俺は処分されるようなことはしてません。部長にも、人事にも、何度もお話ししたはずです」

ためこんできたものが噴出してしまう。頭の片隅ではまずいと思っているが、言葉が次々と溢れ出た。

「これまでがんばってきたのに、今回の件ですべてお終いですよ。不正をしたわけじゃない。不正を疑われただけです。会社に残れたとしても、もう出世は望めない。みんなの目も冷たいし、俺の居場所なんてどこにもないんだ」

「おまえの言いたいことはわかった。あとは人事部が判断することだ」

黒田は突き放すように言い放った。

やはり怒鳴りつけることはない。人事部にせっつかれて、宏樹のことを厄介者と思っているのではないか。黒田の抑揚のない声を聞いていると、そんな気がしてならなかった。

「人事部には俺から報告しておく。気をつけて帰ってこい」

黒田は最後まで冷静だったが、宏樹のほうが苛立っていた。

電話を切ると力が抜けて、敷きっぱなしの布団の上に座りこんだ。社内で「鬼の黒田」と恐れられている部長に楯突いてしまった。いよいよ立場が悪くなったのは間違いない。でも、言いたいことを言ってすっきりした。

(転職するしかないな……)

思わず苦笑が漏れる。

会社に未練はない。それでも、札幌に居たら不満を胸にためこみ、事実を述べることしかできなかった。そして、ただ処分を黙って受け入れるしかない。それが会社員になったということかもしれなかった。

今の若い社員なら、平気で自分の意見を言うだろう。だが、宏樹の世代になると、会社の決定に従うのが当たり前だった。

(メシでも食うか)

気が重かった報告が終わったことで、急に腹が減ってきた。すっきりした気分で立ちあがると、部屋を出て一階の広間へと向かった。

「気をつけてお帰りになってくださいね」

宏樹が階段を降りていくと、下から女性の声が聞こえてきた。

桃香がこちらに背中を向けて立っている。そして、玄関にはネイビーのダウンコートを着た長峰早智子の姿があった。その隣には真嶋由奈もいる。由奈は黒いトレンチコートに身を包んでいた。

どうやら、チェックアウトするらしい。ガラス戸ごしに外を見ると、勇治が車の上に積もった雪を落としていた。早智子は自分で運転してきたが、由奈は確かバスだった。勇治が麓のバス停まで送るのだろう。

「本当にお世話になりました」

早智子が笑みを浮かべて桃香に語りかける。

以前とは別人のような晴れやかな表情を浮かべていた。夫に電話すると言っていたので、話し合いが上手くいったのかもしれない。いずれにせよ、家に戻る気になったのだから進展があったのだろう。

「お名前のとおり、心が癒されました」

由奈の表情も明るくなっていた。

夫を亡くした悲しみが、そう簡単に消えるとは思えない。それでも、彼女は前に進もうとしている。由奈は美しい未亡人だ。いずれ、いい男性と出会える日が来るだろう。

「あっ……」

そのとき、早智子が小さな声を漏らした。

宏樹がいることに気づいたのだ。視線が重なると、早智子は笑みを浮かべて会釈する。宏樹はとまどいながらも会釈を返した。

すると、早智子の視線に気づいて桃香が振り返った。

「田辺さん、おはようございます」

昨日のことが、まだ尾を引いているのかもしれない。どこかよそよそしいのが気になった。

「ど、どうも……おはようございます」

かろうじて挨拶を返すが、なんとも気まずい状況だ。

想いを寄せる女性と、セックスをしたふたりの女性が同じ場所にいる。わかっていたら時間をずらしたが、もう手遅れだった。

宏樹が顔をこわばらせていると、由奈が手を小さく振ってきた。

それを見て、早智子が驚きの表情を浮かべる。桃香は振り返っていたので、気づいていないのが救いだった。

「もしかして……」

早智子が小声でつぶやいた。

「ええ、あなたも？」

由奈も小声になっている。

どうやら、互いに宏樹と関係があったことを悟ったらしい。複雑な思いがあるのか、無言になって見つめ合う。一瞬、張りつめた空気になるが、なぜか同時に表情を緩めた。

「一回きりのことですから」

「そうですね」

心に傷を抱えた者同士、わかり合えるものがあったのだろうか。ふたりは笑みさえ浮かべていた。

その様子を桃香が不思議そうに見つめている。

宏樹はふたりがよけいなことを言わないか心配でならない。だが、早智子と由奈は笑みを浮かべるだけだった。

ふたりが癒しの湯をあとにする。宏樹をチラリと見やるが、もう言葉を発することはなかった。

「ありがとうございました。またのお越しをお待ちしております」

桃香が腰を折り、深々と頭をさげた。

（ありがとう……）

宏樹も心のなかでつぶやいた。

早智子と由奈が元気をわけてくれたのは間違いない。彼女たちとの交流で、宏樹に気力が戻ったのだ。会社のことは、どうなるかわからない。それでも、捨て鉢だった気持ちは少しずつ回復していた。

「お知り合いだったのですか？」

桃香が再び振り返った。

「い、いえ……食事のときに顔を合わせただけです」

宏樹はとっさにつぶやいた。

まさか本当のことを言えるはずがない。ふたりとセックスしたと知ったら、幻滅されるに決まっていた。

（でも、ふたりがいたから……）

立ち直るきっかけになった。ふたりと出会ったことで、心が癒されて前を向くことができたのだ。

宏樹にとっては必要なことだったと思う。暗く落ちこんでいた気持ちを、ふたりが救ってくれた。早智子と由奈も、少しは癒されたと信じたい。彼女たちが幸せになってくれることを心から願っていた。

「除雪、いつになったら入るんでしょうね」

宏樹は気を取り直して問いかけた。

天候は回復しても、車を掘り出さないことには帰れない。でも、もう慌てて帰る必要は感じていなかった。むしろ、もっと時間がかかって、この宿に足止めされたいとすら思っていた。

「ここより上に民家はありません。だから、除雪が入るのは、どうしても後まわしになってしまうんです」

桃香が申しわけなさそうに語りかけてくる。

除雪が入らないのは彼女の責任ではない。人が住んでいる地域の除雪が優先されるのは当然のことだった。

「問題ないです。有休がたまってますから。もう一泊させてください。せっかくなので、ゆっくり温泉に浸かっていきますよ」

できるだけ明るい声を心がける。

自分のせいで責任を感じさせたくなかった。桃香にはいつも笑顔でいてもらいたい。ところが、彼女の表情は冴えないままだった。

「かしこまりました」

一応、笑顔は浮かべてくれる。しかし、心の奥になにかを抱えこんでいる。そのなにかが笑顔を曇らせているとしか思えなかった。

（桃香さん……）

胸のうちで名前を呼ぶだけでせつなくなる。

力になりたいが、どうすればいいのかわからない。なんとかして彼女の心を開かせたかった。

2

とくにすることもなく、部屋でテレビを眺めながらダラダラ過ごした。

桃香の手伝いをしたかったが、昨日のことを思うと勇気が出ない。いつまた彼女の心の傷に触れないとも限らなかった。

――札幌に戻りたくなりませんか？

そう聞いたのがいけなかったらしい。

とたんに桃香の表情は曇ってしまった。札幌を懐かしむと同時に、いやな思い札幌を離れたのは三年前だと聞いているが、いまだに彼女の心の傷は癒えていなかった。

（いったい、なにが……）

考えたところでわかるはずもない。だが、桃香のことがどうしても頭から離れなかった。

朝食と昼食を広間で摂った以外は部屋から出ていない。

ドラマの再放送を見るともなしに眺めていると、窓から差しこむ日の光が傾いていることに気がついた。

時刻は午後四時になるところだ。

布団に寝そべっていた宏樹は、立ちあがって窓に近づいた。西の空がオレンジ色に染まり、雪山が黄金色に眩く輝いている。朝日のなかで見る景色もよかったが、夕日の儚げな雰囲気が心に染み渡った。

（いつまでも、ここにはいられないよな）

明日は札幌に帰ることになるだろう。

出社するのは明日の午後か、遅くても明後日になる。おそらく、すぐに人事部から声がかかり、処分が言い渡されるはずだ。疑いをかけられた以上、無罪放免ということはないと踏んでいた。

早く終わりにしたい。

たとえ処分が軽く済んだとしても、今までどおりの仕事はできないだろう。冷たい目を向けてきた同僚たちが、何事もなかったように受け入れてくれると思えなかった。

（別に自分から辞めたっていいんだ）

転職も視野に入れている。出世も望めないなら、無理をして会社にしがみつく理由はなかった。

ふいにスマホの着信音が鳴り出した。

画面を確認すると「黒田部長」と表示されている。向こうから連絡してくるとはめずらしい。明日は出社しろと念を押されるのではないか。面倒だが出ないわけにはいかなかった。

「もしもし、田辺です」

宏樹は感情を押し殺して電話に出た。

「おう、黒田だ」

黒田は何事もなかったように話しかけてくる。だが、どこか声に硬さが感じられた。

「今、ちょっといいか？」

「はい……」

あらたまった調子で言われると緊張する。宏樹は窓辺に立って、黒田の次の言葉を待った。

「じつは、今日、人事部のほうから処分がおりてきた」

「俺がいないのにですか？」

「うむ……いつ戻ってくるのかわからないのに、いつまでも待っているわけにはいかないということらしい」

黒田の口調に苛立ちがまざりはじめる。

人事部のやり方が気に入らなかったのだろうか。だが、黒田が人事部のことをどう思っていようと、宏樹には関係のないことだった。

「それで、処分は？」

「本来なら直接会って伝えるべきだが……課長は懲戒解雇、田辺は関連会社への出向が決まった」

努めて感情を押し殺しているような言い方だ。

不正を働いた張本人である課長が懲戒解雇になるのは当然として、なにもしていない宏樹が出向とは納得がいかない。出向といっても事実上の左遷だ。到底受け入れられるものではなかった。

課長の不正に薄々気づいていながら、それを報告しなかったというのが理由だろう。しかし、確信もないのに告げ口できるはずがない。宏樹が処分されるのなら、営業部の社員全員が出向になるべきだ。

「そうですか」

なにもかもが馬鹿馬鹿しくて、しゃべるのもいやになる。もはや反論する気も起きなかった。

「それだけか？」

黒田が平坦な声でつぶやいた。

「どういうことですか？」

「出向先がどこになるのか気になるだろう」

「別にどこでもいいですよ」

外に出されるのなら、どこに行っても同じだ。

残ったところで居づらいのは変わらないが、左遷されてバリバリ仕事をする気などあるはずがない。どんなにがんばったところで、もう出世の道は絶たれてしまったのだ。

「出向先は後日、伝えられることになっている」

「どうせ田舎（いなか）に飛ばされるんでしょう」

「そう投げやりになるな。俺が悪いようにはしないから」

黒田が諭すように語りかけてくる。だが、もう相づちを打つ気もしない。人事部の処分がくだされたというのに、黒田になにができるというのだろう。気休めは聞きたくなかった。

「どうせなら南国がいいですね。ハワイとかに支店はないんですか」

あるはずがない。そんなことくらい知っている。道内の企業だとわかっていながら、つい憎まれ口をたたいていた。

「黒田部長のお力でなんとかしてくださいよ」

「田辺、いい加減にしろ」

「南国に行けないなら、どこでもいいです。じゃあ、切りますよ」

そのまま電話を切ろうとしたときだった。

「おいっ、バカな気だけは起こすんじゃないぞ！」

黒田がはじめて大きな声をあげた。

思い返してみれば、まだ一度も怒鳴られていない。この宿でお世話になってから何度か電話をしたが、意外にも黒田は冷静だった。それどころか、逆に気を使われていると感じることすらあった。

「いいか、遅くなってもいいから、必ず札幌に帰ってこい。わかったな！」

怒っているわけではないが、感情が露になっている。声のボリュームはかなり大きかった。

「田辺っ、返事をしろ！」

「わ、わかりました」

宏樹は気圧される形で返事をした。

ようやく電話を切ったが、なにかモヤモヤした気分だ。黒田は宏樹が自殺するとでも思っていたのだろうか。

（そんなバカな……）

笑い飛ばそうとしてはっとする。

吹雪のなかで倒れたとき、宏樹は生きることをあきらめかけていた。自ら望んだわけではないが、感覚的には自殺に近かったかもしれない。少なくともあの瞬間、生への執着が薄れていたのは間違いなかった。

3

夕飯を摂り、部屋で少し休んでから温泉に向かった。

階段を降りて、廊下を歩いていく。すると、前方に白いダウンコートの背中が見えた。

(桃香さんだ)

ひと目でわかった。

白いダウンコートに見覚えがある。宏樹が遭難しかけたときに着ていたものに間違いなかった。

桃香は廊下の突き当たりにあるドアを開けて、外に出ていった。

時刻は午後八時をまわっていた。当然ながら日は完全に落ちている。こんな時間にどこへ行くのだろうか。

ふと早智子のことを思い出す。

悲しみに暮れて抑えきれないものがあったのだろう。早智子は大雪が降るなか外に出て、木の根元でうずくまっていた。

（まさか、桃香さんも……）

雪は降っていないが、真冬であることに変わりはない。下手をすれば凍え死ぬ可能性もあった。

仕事でもプライベートでも、もう見て見ぬ振りはしないと心に決めた。あとになって後悔したくない。それが想いを寄せる相手となれば、なおさら放っておくことはできなかった。

宏樹は急いで部屋に戻ると、浴衣から洋服に着替えてブルゾンを羽織った。そして、再び一階に降りると、革靴を履いて裏口から飛び出した。

夜の冷気が全身を包みこむが、雪は降っていないし風も吹いていない。空を見あげれば満月だ。あたりは雪でまっ白なので、降り注ぐ月明かりが反射して意外なほど明るかった。

桃香の足跡が雪の上にはっきり残っている。これをたどっていけば見失うことはないはずだ。

宏樹は躊躇することなく雪の上に踏み出した。革靴で歩くのはつらいが、そんなことは言っていられない。桃香のことが心配だ。無事な姿を見るまでは安心できなかった。

足跡は森のなかへとつづいている。木々の枝が頭上に張り出しており、月光が遮られて暗くなった。

(クソッ、足跡が見えない)

雪は枝に積もるため、積雪量は少なくて歩きやすい。しかし、肝心の足跡がよく見えなかった。

ポケットからスマホを取り出してライトを点ける。足もとを照らしながら、なんとか足跡をたどっていく。

すでに早智子がうずくまっていた地点は過ぎていると思う。だが、足跡はまだつづいていた。いったい、どこまで行ったのだろう。白い息を吐きながら、とにかく懸命に歩を進めた。

(なんだ……あれ?)

前方に光が見える。

揺れているので火かもしれない。桃香の足跡はそちらに向かっている。不思議に思いながらも歩いていく。すると、そこには東屋があった。屋根だけではなく、腰ほどの高さがある壁で囲まれていた。

その東屋のなかで、火が燃えているようだった。

恐るおそる近づいてのぞきこむ。すると、壁に沿って作られたベンチに桃香が腰かけていた。

東屋のなかは地面が剝き出しになっている。雪はほとんど降りこんでおらず、土が見えていた。その中心部で火が燃えている。どうやら、焚き火をしているようだった。

桃香の全身がオレンジ色の炎に照らされていた。

淋しげな表情をしているのが気にかかる。そのとき、頰にキラリと光るものが見えた。

「桃香さん……」

思わず声をかけると、桃香は驚いた様子で顔をあげる。慌てて頰を濡らしていたものを拭って、宏樹の顔を見つめてきた。

「た、田辺さん……どうしたんですか？」

声が震えている。こんな山奥に宏樹がやってきたのだから、彼女が驚くのも当然だった。

「いきなり、すみません。桃香さんが出ていくところをたまたま見かけて、心配になったものですから……」

「それで、様子を見に来てくれたのですか？」

「でも、よけいな心配だったみたいですね。では——」

興味本位であとをつけてきたと思われたくない。そのまま帰ろうとすると、桃香が声をかけてきた。

「焚き火に当たっていきませんか」

いつにも増して柔らかい声だった。

「火を見ているとほっとしますよ。ときどき、ここに来て、ひとりでぼんやりするんです」

桃香の言葉に誘われて、東屋のなかに足を踏み入れる。少し迷ったが、彼女の隣に腰かけた。

「こんなところに東屋があるんですね」

山のなかで桃香とふたりきりだと思うと緊張してしまう。

ただでさえ静かなのに、雪が音を吸収するのかあたりはシーンと静まり返っていた。薪が燃えるパチパチという微かな音だけが聞こえていた。

「ずいぶん前に勇治さんが建てたそうです。夏はここでジンギスカンをやることもあるんですよ」

桃香の声は穏やかだ。自然のなかにいるとそうなるのか、それとも焚き火の炎が人の心を落ち着かせるのか。

「あったかいですね」

「今夜は風がないから、とくに暖かいです。こうしていると、まわりが雪に埋もれていることを忘れそうになります」

確かに森のなかを歩いていたときの寒さが嘘のようだ。焚き火に手を翳すと、熱いくらいだった。

「焚き火がお好きなんですか？」

桃香の顔を見たいが、近すぎて横を向く勇気がない。宏樹は焚き火を見つめたままつぶやいた。

「札幌にいたころからキャンプが趣味なんです。夏になればソロキャンプにも行くんですよ」

「ソロって、ひとりってことですよね」

「ええ、都会を離れて、ひとりで焚き火をして過ごすんです」

桃香の声はいつになく楽しげだ。

淑(しと)やかな若女将の趣味がキャンプとは思いもしなかった。そう言われてはじめて気づいたが、焚き火はステンレス製と思われる台の上で燃えている。おそらく、あれはキャンプ道具なのだろう。

「わたし、こう見えても結構アウトドア派なんですよ」

「なんか意外ですね」

素直な感想だった。宏樹がつぶやくと、桃香が小さく息を吐き出した。

「意外なこと……たくさんあると思いますよ」

なにか意味深な言い方だった。

「お話ししていないこと、たくさんあるんです」

声がどんどん小さくなっていく。

もしかしたら、つらいことを思い出させてしまったのかもしれない。先ほどまで、桃香は焚き火を見つめてひとり涙していた。いったい、なにを胸に抱えこんでいるのだろうか。

「無理に話さなくても——」

途中まで言いかけて、宏樹は固まった。

勢いで隣を向いた瞬間、桃香の儚げな表情が目に入ったのだ。炎に照らされた横顔が美しい。憂いを帯びた表情がオレンジ色の炎のなかで揺れている。幻想的な光景に引きこまれて、思わず見惚れてしまう。

（なんてきれいなんだ……）

心のなかでつぶやくと、ますます想いがふくらんでいく。呼吸するのさえ忘れて、桃香の横顔を見つめていた。この熱い想いをぶつけるとしたら今しかないと思った。

「桃香さん――」

「わたし、田辺さんが思っているような女ではないんです」

宏樹の言葉は桃香の悲痛な声にかき消された。

「田辺さんはご自分のことをお話ししてくれたのに、わたしは、打ち明ける勇気がなくて……聞いてもらってもいいですか」

桃香が真剣な眼差しを向けてくる。

その瞳から決意が伝わってきた。宏樹がこっくりうなずくと、彼女は再び焚き火を見つめて語りはじめた。

札幌に住んでいたとき、桃香は恋多き女だった。仕事のストレスもあり、飲み屋で知り合った男とその日のうちにホテルへ行くこともあったという。

「若いときは、そういうこともありますよ」

擁護したくて思わず口を挟んだ。本当はかなり動揺していたが、顔には出さないように気をつけた。

そういえば、風呂場で桃香が見せたテクニックはすごかった。

ペニスの扱いに慣れていて、とくに口に咥えてからは圧倒された。あれは実際に経験を積んだことで身に着けたものなのだろう。清楚な若女将の意外な過去だった。

(でも、俺だって……)

宏樹自身も似たような経験がある。彼女を批判できるほど立派な人生を歩んできたわけではなかった。

「それだけじゃないんです……」

桃香が伏し目がちにつぶやいた。

ある男と交際していたのだが、事業拡大のために資金が必要だと言われて保証人になってしまった。普通なら警戒して断るが、仕事が安定したら結婚しようと言われてその気になった。

友人たちにも紹介して、親にも会わせる約束をしていたという。

「わたしが世間知らずでした」

桃香の声は消え入りそうなほど小さくなった。

ある日突然、男と連絡が取れなくなり、多額の借金だけが残ったという。騙されたことに気づいたが、あとの祭りだ。悔しくて情けなくて、誰にも会いたくなくなった。

「それで仕事を辞めて、札幌を離れたんです」

桃香はそこで言葉を切ると、焚き火の炎をじっと見つめた。

なにかを考えこんでいる。深刻な表情が気になるが、宏樹は話しかけずにじっと待った。

「もう、死んでしまおうかと……」

人間不信に陥り、すべてがいやになったという。道内を旅しているうちに、この土地に流れてきた。そして、女将夫婦に救われて、住みこみで働きはじめたという。

「つらい思いをされてきたのですね」

少しだけわかった気がする。

桃香は常に柔らかい雰囲気を全身に纏っている。あの独特の空気感にはそういう秘密が隠されていたのだ。彼女自身、つらい経験をしているからこそ、人にやさしく接することができるのだろう。

「あれから三年が経ち、ようやく借金も返し終わりました。でも……」

桃香は途中で言葉を呑みこんだ。

でも、まだ男に騙された心の傷は癒えていない。だから、札幌を懐かしみながらも、帰る気にならないのだろう。

「どうして……俺なんかに?」

ふと疑問が浮かんだ。

札幌でなにがあったのか、まだ女将にしか話したことがないと言っていた。それなのに、どうして教えてくれたのだろうか。

「誰かに打ち明けたかったんです。だんだん自分の胸に抱えているのが苦しくなって……」

絞り出すような声だった。

桃香は誰の目から見ても清楚な若女将だ。奔放だった過去やつらい出来事があったとは思えない。そんななか、客が期待する淑やかな若女将を演じつづけることに疲れたのではないか。

「もっと早く話してくれれば……」

途中まで言いかけて黙りこむ。早く話してくれたとしても、結果は同じだったと思う。

宏樹にできることなど、なにもなかっただろう。だが、時間を持てあましてぼんやり過ごしていたことが悔やまれる。桃香を元気づける方法を考えることに費やしたかった。

（明日になったら、俺は……）

おそらく、明日は車が雪のなかから掘り出される。そうなったら、宏樹は札幌に戻らなければならないのだ。

「何度か言おうと思ったんですけど……」

桃香は視線を落としてつぶやいた。

「誰かに打ち明けるなら、誠実な方がいいと思っていました。でも、田辺さんはいい人すぎて……嫌われたくなかったから」

うつむいてしまったので表情は確認できない。だが、目もとがキラリと光るのがわかった。

「昔のことなんて気にしません」

話しているうちに、熱い想いがこみあげる。

彼女を守ってあげたい。苦しみから解放してあげたい。それができないのなら、せめて苦痛をいっしょに背負わせてほしい。重い荷物もふたりで持てば、少しは軽くなるはずだ。

「俺は桃香さんのことが——」

こみあげる想いを言葉にしようとする。そのとき、桃香が人差し指を立てて、宏樹の唇にやさしく押し当てた。

「お気持ちは、とってもうれしいです。でも——」

「俺はすべてをわかったうえで言っているのです」

今度は宏樹が彼女の言葉を遮った。

この気持ちをわかってほしい。雪をも溶かす情熱だ。だが、どうやって伝えればいいのかわからない。

「も……桃香さんっ」

激情にまかせて桃香を抱きしめる。ダウンコートごしでも柔らかい女体の感触が伝わってきた。

「た、田辺さん……」

桃香はとまどった声を漏らすが、宏樹を押し返したりはしない。抱かれるまま身をまかせてくれた。

4

過去になにがあったとしても関係ない。今、惹かれている気持ちは本物だ。目の前にいる桃香のことが好きだった。

瞳を見つめて顔を近づけると、桃香はためらいながらも睫毛を伏せて顎を持ちあげる。宏樹はそのまま、そっと唇を重ねていった。

「ンっ……」

桃香が微かに鼻を鳴らして身体を硬直させる。それでも唇は蕩けるように柔らかかった。

（ついに、桃香さんと……）

キスをしていると思うと、それだけで興奮が湧きあがる。舌を伸ばして、唇の間に差し入れた。

「はンンっ」

桃香は抗うことなく唇を半開きにする。だから、宏樹は遠慮することなく口内を舐めまわした。

柔らかい口腔粘膜を隅々までしゃぶり、奥で縮こまって震えている舌をからめとった。弄ぶように時間をかけてじっくり舐めまわすと、少しずつ彼女の舌がほぐれてきた。

「はンっ……あはンっ」

桃香は眉を八の字に歪めて色っぽい吐息を漏らしはじめる。腰も微かに揺れており、性感が溶けてきたのは間違いない。トロトロになった彼女の舌を自分の口内に引きこみ、ねっとり吸いあげた。

「あンっ……ああンっ」

唾液ごとすすりあげれば、桃香の腰が右に左に大きく揺れはじめる。宏樹は遠慮することなく、メープルシロップのように甘い唾液を味わった。

雪に覆われた東屋でのディープキスだ。

もはや桃香は舌を吸われるままになっている。もしかしたら、理性も蕩けはじめているのかもしれない。試しにダウンコートの上から、くびれた腰を撫でてみる。すると、桃香は我に返って唇を振りほどいた。

「あっ……ダ、ダメです」

抗っているのは口先だけだ。その証拠に桃香は身体を離そうとしない。だから、宏樹はくびれた腰をぐっと引き寄せた。

「わたし、田辺さんが思っているような女では……」

「もう聞きました」

「それなら……」

桃香が腕のなかから見あげてくる。その瞳は涙で潤んでいた。

「桃香さんは俺が思っていたとおりの人でした。誠実でウソのつけない、心の清らかな人でした」

心からの言葉だった。

営業では饒舌（じょうぜつ）になるが、女性との駆け引きは苦手だ。この年まで仕事ばかりで恋愛には疎かった。自分でも不器用だと思うが、気持ちをストレートに伝えることしかできなかった。

「あなたのことが好きです」

意を決して告白する。

今にして思えば、はじめて桃香に会ったとき——遭難しかけて助けられたあの瞬間、恋に落ちていたのかもしれない。

あれからずっと、桃香の姿が脳裏から離れなかった。

早智子や由奈と身体の関係を持っても、桃香への気持ちは変わらなかった。札幌に帰ったら会えなくなる。それを考えると、胸が締めつけられるように苦しくなった。

「わたしなんて……愛される資格のない女です」

桃香の瞳に涙が見るみる盛りあがり、ついに決壊して頬を伝い落ちた。

「そんなことありません。俺は本気で桃香さんのことが……」

熱い想いを上手く伝えられないのがもどかしい。気持ちは本物なのに、それを表現する語彙を持ち合わせていなかった。

「桃香さんっ」

再び唇を重ねると、間髪容れずに舌を差し入れる。すると、桃香も自分から舌を伸ばしてくれた。

「あンっ、田辺さん、いけません……はあンっ」

口では抗いながらも、桃香は積極的に舌を吸ってくれる。自然と舌を深くからめ合って、濃厚なディープキスへと発展する。互いの味を確認するように唾液を何度も何度も交換した。

（も、もう……）

興奮を抑えられない。宏樹はキスをしながら、彼女のダウンコートのファスナーをおろしていく。そして、内側に手を滑りこませると、セーターの上から乳房を揉みしだいた。

「あンっ……」

桃香はキスをしたまま喘ぎ声を漏らすが抵抗しない。それならばと、セーターをじりじり引きあげた。

「ま、待ってください」

桃香が唇を離して、不安げな顔で見あげてくる。焚き火の炎に照らされた瞳には、期待と不安が見え隠れしていた。

「もう待てませんよ」

ここまで来たら、一歩も引くつもりはない。燃えあがった情熱はもう消すことはできなかった。

そのままセーターをずらしていくと、純白のブラジャーが見えてくる。すかさずカップを強引に押しあげれば、張りのある乳房がプルルンッと勢いよくまろび出た。

「ああっ、そ、そんな……」

桃香の唇から羞恥の声が溢れ出す。

真冬の屋外で乳房を露にされたのだ。慌てて身をよじり、両腕で覆い隠してしまう。しかし、宏樹は手首をつかんで引き剝がした。

「あンっ、ダ、ダメです」

顔をそむけてつぶやくが、その声は弱々しい。

羞恥に身を焼かれながらも、宏樹に見られることで彼女も興奮しているのではないか。甘ったるい声を聞いていると、そんな気がしてならなかった。

(こ、これが、桃香さんの……)

宏樹は声をあげることもできず目を見開いた。

目の前でたっぷりした双つの乳房が揺れている。まろやかな曲線を描いた柔肉は、まるで高価な芸術品のように美しい。ふくらみの頂点には愛らしい乳首が鎮座している。それらすべてが焚き火の炎を受けて、幻想的なオレンジ色に輝いていた。

「は、恥ずかしいです」

桃香の声は今にも消え入りそうだ。しかし、恥ずかしい以上に興奮しているのではないか。胸を喘がせる姿を見ているとそんな気がしてならなかった。

視線を落として顔を横に向けているため、首すじが剝き出しになっているのが色っぽい。しかも、羞恥に耐えきれないのか、しきりに身をよじっている。そのたびに大きな乳房がタプタプと波打った。

真冬の屋外という特殊なシチュエーションも興奮に拍車をかける。

普通なら寒くてたまらないはずだが、ほぼ無風のなか、東屋で焚き火をしているので想像以上に暖かい。なにより、異常なほど昂(たかぶ)っているため、体が内側から火照っていた。

「すごく……きれいです」

つぶやくと同時に、双つの乳房に手のひらをあてがった。

下から掬(すく)いあげるようにすると、確かな重みが伝わってくる。ゆっくり指を曲げて、味わうように揉みあげた。

「ンンっ……」

桃香は顔をそむけたまま、下唇を嚙(か)みしめている。恥ずかしげに頬を染めあげるが、もう乳房を隠そうとしなかった。

奇跡のような柔らかさに感動して、宏樹は双つのふくらみをゆったり揉みつづける。桃香はなにも言わないが、いつしか首すじまでまっ赤に染まっていた。吐息が徐々に乱れていく様が牡の欲望を煽り立てた。

宏樹の興奮もますます高まっている。すでにスラックスの前はパンパンに張りつめていた。

柔肉の感触をたっぷり味わい、いよいよ指先を山頂へと滑らせていく。そして、先端で揺れる双つの乳首を、両手の指先で摘まみあげた。

「ひンッ」

とたんに桃香の唇から裏返った声がほとばしる。肩をすくめて女体をブルルッと震わせた。

（桃香さんが、こんなに……）

軽く摘まんだだけなのに、反応は思った以上に激しい。桃香が感じていると思うと、ますます愛撫に熱が入る。まだ柔らかい乳首をクニクニと転がせば、女体に小刻みな痙攣が走り抜けた。

「ひンンッ」

またしても桃香は声を裏返らせると、訴えかけるような瞳で見つめてくる。眉をせつなげに歪めて、肩をすくめたまま全身に力が入っていた。

「や、やさしく……してください」

「やさしくされるのが好きなんですか？」

問いかける間も乳首をいじりつづける。人差し指と親指で摘まんで、強弱をつけながら転がした。

「ああっ……さ、三年ぶりなんです」

桃香は震える声で訴えて身をよじった。

その言葉ではっとする。桃香は三年前に札幌を出て、山奥にあるこの宿で働きはじめた。以来、男と接触がなかったことになる。よほど過去の過ちを悔やんでいたのだろう。

でも、これだけ感度がよかったら、疼く夜もあったのではないか。桃香は男を知っている。ひとり寝の夜はつらかったはずだ。我慢できないときは、きっと自分で慰めてきたのだろう。

宏樹は努めてやさしい愛撫に切り替えた。触れるか触れないかのフェザータッチで乳輪を撫でまわし、乳首をそっと摘まみあげる。サワサワと撫でるように刺激すれば、瞬く間に充血してふくらんだ。

「あっ……あっ……」

桃香の唇が半開きになり、切れぎれの喘ぎ声が溢れ出す。焚き火に照らされながら身をよじり、濡れた瞳で見つめてくる。乳首は宏樹の指を押し返す勢いで、硬くとがり勃った。

「も、もう……ダメです」

スカートのなかで、内腿をもじもじと擦り合わせている。

桃香も昂っているのは間違いない。乳首を愛撫されたことで、女体に火がついている。三年間も男日照りがつづいていたのだ。少しの刺激でも、あっという間に燃えあがった。

(ああっ、桃香さん)

宏樹のなかで熱い想いがますますふくれあがる。ひとつになりたくてたまらない。もう湧きあがる情熱を抑えられなかった。

立ちあがるなり、スラックスとボクサーブリーフを膝までおろす。とたんに勃起したペニスが勢いよく跳ね起きた。

「す、すごい……」

桃香が驚いた様子で目を見開き、口もとに手をやった。

隆々とそそり勃った肉柱を前にして、女の血が騒いできたらしい。瞳がますます潤み、艶っぽく息を吐き出した。

「俺、もう我慢できないんです」

宏樹は鼻息を荒らげながら桃香に迫った。

フレアスカートをまくりあげると、ストッキングと純白のパンティに指をかける。引きおろそうとすれば、桃香は自ら尻を持ちあげて協力してくれた。やはり彼女も昂っているのだ。その事実がますます宏樹を興奮させた。

いったんブーツを脱がせると、ストッキングとパンティを引きさげてつま先から完全に抜き取った。そして、素足にブーツを履かせて、膝を大きく左右に開かせた。

「ま、待って……待ってください」

桃香の唇からとまどいの声が溢れ出す。だが、構うことなく膝を押しひろげて股間を剝き出しにした。

恥丘には細く縦長に整えられた陰毛が揺れている。そのすぐ下に、サーモンピンクの女陰が見えていた。すでにぐっしょり濡れており、愛蜜が溢れて蟻の門渡りを流れている。こうして見ている間にも、恥裂から新たな汁がジクジクと溢れ出していた。

「い、いやです、こんな格好……」

桃香は小声でつぶやくが、脚を閉じようとはしない。もう宏樹は膝を押さえていないのに、すべてを剝き出しにしている。見られることで興奮しているのは間違いなかった。

「俺は、桃香さんのこと本気で……うむうウッ！」

宏樹は彼女の前にひざまずくと、いきなり股間に顔を埋めていく。女陰にむしゃぶりつき、舌を伸ばして舐めまわした。

「はああッ、い、いやっ、あああッ」

「俺は桃香さんのすべてを愛したいんですっ」

女陰の狭間に舌を滑りこませてネロネロと這わせていく。さらには唇をぴったり密着させて、思いきり愛蜜をすすりあげる。口内に流れこんでくる果汁を次から次へと嚥下した。

「そ、そんな……あああッ」

桃香が喘いでくれるから、ますます愛撫は加速する。ブーツを履いた足首をつかむと、ベンチの縁に乗せあげた。大股開きで足をあげたため、女陰のさらに下にある肛門まで露になった。

「い、いやです、待ってください」

　さすがに腰をよじるが、宏樹は構うことなく再び股間に顔を埋める。女陰を舐めまわすと、肛門にも舌を伸ばしていった。

「ヒッ、ひいッ！」

　桃香が金属的な喘ぎ声を響かせる。慌てて脚を閉じようとするが、足首をがっしり押さえているので動けない。肛門は剝き出しのまま、宏樹にしゃぶられるしかなかった。

「ひああッ、い、いやっ、いやですっ」

　舌でねぶりまわすたび、女体がビクビク痙攣する。どうやら肛門も敏感らしい。それならばと、宏樹はさらに気合を入れてしゃぶりはじめた。

「ひいッ、そ、そこは、汚いですから……ひああッ」

　排泄（はいせつ）器官を舐められて、猛烈な嫌悪感に襲われているのだろう。桃香は首を左右に振りたくり、両手で宏樹の頭を押し返してくる。はじめて本気で抗うが、宏樹もやめるつもりは毛頭なかった。

「桃香さんの身体に汚いところなんてありませんっ」

自分の言葉を証明するように、くすんだ色のすぼまりを舌先でくすぐり、放射状にひろがる皺の一本いっぽんまで丁寧に舐めあげた。

「あひッ、ダ、ダメっ、本当に……あああッ」

いつしか嫌悪の声に甘いものがまざりはじめる。淑やかな若女将が、尻穴を舐められて感じているのだ。恥裂からは大量の愛蜜が溢れており、肛門までぐっしょり濡らしていた。

「もう……我慢できません」

宏樹は肛門から口を離すと、桃香の隣に腰かける。そして、彼女の手を取って立ちあがらせた。

「俺の上に乗ってください」

今、宏樹が挿入すれば、興奮にまかせて腰を振りたくってしまう。だが、桃香は三年も男と交わっていない。まだ身体が慣れていないので、自分から挿れるほうがいいだろう。

「そんなこと……」

桃香はこの期に及んで躊躇している。ここが屋外ということも、彼女をためらわせているのかもしれない。

「大丈夫ですよ。こんなに雪が積もってるなか、誰も来ませんから」

強引に女体を引き寄せると、己の股間にまたがらせる。桃香はベンチに両膝をついた対面座位の体勢になった。

「ほ、本当にここで……するんですか？」

「早くひとつになりたいんです。お願いします」

宏樹が頼みこむと、桃香は困惑の表情を浮かべながらも両手を宏樹の肩に置いた。そして、腰をゆっくり落としてくる。女陰が亀頭に触れると、女体が小さく跳ねあがった。

「あンっ……や、やっぱり……」

「大丈夫ですよ。そのまま」

逸る気持ちを抑えて声をかけると、桃香は再び腰を落としてくる。亀頭が膣口にヌプリッとめりこみ、やがて亀頭が完全に収まった。

「あううっ……お、大きい」

桃香の顎が跳ねあがり、膣の拡張感に全身を震わせる。膣口は猛烈に反応して、三年ぶりに男根を食いしめていた。

「ううゥッ、は、入りましたよ」

いきなり射精欲の波が押し寄せる。桃香のなかに入っていると思うと、それだけで全身の血液が燃えあがった。

「す、すごく大きくて……ああッ」

桃香は苦しげに喘ぎながらも、動きをとめようとしない。さらなる刺激を欲していたのか、腰をじわじわ落としてくる。ペニスが少しずつ呑みこまれて、ついに根元まですべて収まった。

「あああッ、お、奥まで……」

「も、桃香さんのなか、ううゥッ、すごく熱いです」

ふたりは見つめ合ってささやくと、どちらからともなく唇を重ねていく。ついにひとつになったのだ。セックスしていると思うと気分が盛りあがり、舌をからめて吸い合った。

膣道は三年ぶりの侵入者に驚いているらしい。ウネウネと蠢いて、ペニスを締めあげてくる。すると、カリが膣壁にめりこむ結果になり、桃香はたまらなそうに腰をよじらせた。

「ああンっ、田辺さんの大きいから……」

ふたりの結合部から湿った蜜音が聞こえてくる。愛蜜と我慢汁がまざり、ヌルヌルと滑っていた。

「くッ……す、すごい」

宏樹もたまらなくなって呻くと、桃香がうれしそうに目を細める。そして、腰をゆったり前後に振りはじめた。

「わたしで感じてくれてるんですね」

「ううッ、き、気持ちいいです」

わずかな動きでも猛烈な快感が湧きあがった。

心が通じ合っている相手とのセックスは、身体だけではなく魂でも感じることができる。激しくピストンしなくても、瞬く間に身も心も燃えあがり、先走り液がとまらなくなった。

「ああッ、わ、わたしも……あああッ」

桃香の喘ぎ声も艶を帯びていく。

膣と男根がなじんできたらしい。股間をゆったりしゃくりあげてペニスを刺激しながら、彼女もいっしょに感じていた。

「こ、こんなに気持ちいいなんて……」

このままではすぐに達してしまう。なんとか快楽をごまかそうと、宏樹は乳房にむしゃぶりついた。

「はあぁッ」

桃香の喘ぎ声が耳に心地いい。乳首を口に含んで舌を這いまわらせると、やさしく転がしては吸いあげた。

「あぁンっ、い、いいっ」

女体が燃えあがってきたのだろう。桃香は快感を告げるなり、腰の振り方を激しくした。股間をクイクイとしゃくり、猛烈にペニスをしめあげる。膣襞がまるで意志を持った生物のようにうねっていた。

(ああっ、最高だ……桃香さんっ)

想いはどこまでもふくらんでいく。寒さなどまったく感じないほど、気持ちは熱く熱く燃えあがった。

「あぁッ……あぁッ……田辺さんっ」

桃香の腰の動きがさらに激しくなる。まるでペニスを咀嚼するように、膣道全体が蠢いている。宏樹も下から股間を突きあげて、ペニスを女壺の奥深くに埋めこんだ。

「ああぁッ、いいっ、はああッ、いいっ」

「お、俺……俺っ、もうっ」

絶頂の大波が迫っている。クチュッ、ニチュッという淫らな音が、雪に囲まれた東屋に響き渡った。

「くううッ、で、出そうですっ」

「わ、わたしも……ああぁッ、イッちゃいそうっ」

桃香の喘ぎ声も切羽つまっている。

いつしかふたりは息を合わせて腰を振り、快楽を貪っていた。顔を寄せてはキスをして、唾液をすすりながらペニスと膣襞を擦り合わせる。快感が快感を呼び、ついに絶頂への急坂を一気に駆けあがった。

「おおおおッ、で、出るっ、出る出るっ、くおおおおおおおおッ！」

女体をしっかり抱きしめて、膣の奥深くで欲望を爆発させる。男根が激しく脈動すると同時に、大量のザーメンが勢いよくほとばしった。

「ひあああッ、い、いいっ、イクっ、イクっ、イックうううッ！」

あの桃香が絶頂を告げながら昇りつめていく。宏樹の背中をしっかり抱きしめて、肉柱を猛烈に締めあげてきた。

「くおおおおッ！」

さらなる愉悦の嵐が巻き起こり、宏樹はたまらず咆哮を響かせる。全身を快楽に震わせて、睾丸が空になるまで精液を延々と放出した。

「ああッ、い、いいっ……あああッ」

桃香は宏樹の背中にしがみつき、いつまでもペニスを締めつけている。アクメがつづいており、膣道の痙攣が収まらなかった。

絶頂の余韻が消えるまで、ふたりはきつく抱き合っていた。

焚き火がパチパチ燃える音とディープキスで唾液が弾けるねちっこい音、それにふたりの吐息だけが東屋に響いていた。

ようやく桃香が腰を浮かして結合を解く。抜け落ちた半萎えのペニスは、愛蜜をたっぷり吸って黒光りしていた。

立ちあがった桃香の股間から、精液と愛蜜の混合汁が溢れ出す。東屋の凍てつく地面に滴り落ちて、白い湯気がふわっとあがった。

ふたりは無言で乱れた着衣を整えていく。まだ興奮が冷めやらない。胸の鼓動は早いままで、気分も高揚していた。まさか、この真冬に屋外でセックスするとは思いもしなかった。

（ついに、桃香さんと……）

ひとつになった悦(よろこ)びが胸のうちにひろがっている。だが、どうしても聞いておきたいことがあった。

「桃香さん……」

思いきって語りかける。

「俺の気持ちは伝わっていると思います。桃香さんの気持ちも聞かせてもらえませんか」

体を重ねたことで、ますます想いは強くなっている。桃香も同じように盛りあがっていると信じたい。

「今月、俺の四十一歳の誕生日なんです。クリスマスもありますし、ぜひいっしょに――」

「田辺さんは札幌に帰るのですよね」

桃香が淡々とした口調でつぶやいた。

冷めているのではない。無理に感情を抑えこんでいるような声だった。その証拠に、瞳には悲しみと淋しさが滲(にじ)んでいた。

「わたし、まだ札幌には行けません」

「たとえ離れていても――」

「無理ですよ」

桃香にぴしゃりと言われて、思わず黙りこんでしまう。

遠距離恋愛では駄目なのだろうか。しかし、会えない時間が長いと苦しくなるのは目に見えていた。

ましてや、ここは山奥で交通の便が極端に悪い場所だ。路線バスの本数は少ないし、大雪になれば今回のように閉ざされてしまう。桃香が札幌に行けないのなら、宏樹が休みの日に会いに来るしかない。

桃香のためなら、きっとがんばれると思う。だが、がんばらなければならない恋愛とはなんだろう。

（無理……なのか？）

考えると悲しくなってしまう。

遠距離恋愛はふたりの協力があってはじめて成り立つものだ。一方が無理と言った時点でつづくはずがなかった。

宏樹の仕事もどうなるかわからない。出向は決定事項だが、勤務地がどこになるのか決まっていないのだ。実質、出向という名の左遷だろう。地方にある子会社の窓際部署という可能性もある。

会社の出方しだいでは、辞表を出す覚悟も決めていた。

（無職になったら、それこそ……）

遠距離恋愛どころではなくなるだろう。

ここで踏んばらないでどうする。頭ではそう思うが、好きな人を幸せにするには最低限の経済力が必要だ。宏樹はがっくり肩を落として、もう桃香の顔を見ることができなくなった。

第五章　さようならは言わない

1

水曜日の朝、ようやく宏樹の車は雪のなかから掘り出された。

エンジンがかかるか心配だったが、キーをまわすとあっさり始動した。いっそのこと車が壊れていれば、もう一泊くらいできたのに、などと考えて思わず苦笑が漏れた。

（いつまで現実逃避してるつもりだ）

部屋に戻って荷物をまとめながら、自分自身に言い聞かせる。

いつまでもここにいるわけにはいかない。いい加減、札幌に戻って会社に行かなければならなかった。

出社するのは明日になるだろう。人事部から正式に処分が言い渡される。関連会社への出向だ。それを甘んじて受けるのか、それとも辞表を出すのかはまだ決めかねていた。

土曜日に転がりこんで、結局、四泊もしてしまった。

癒しの湯で過ごした四日間を生涯忘れることはないだろう。早智子や由奈と身体を重ねたことで、少しずつ心が癒されていった。そして、なにより桃香と出会えたことが最大の収穫だった。

すべてがいやになり、札幌から逃げ出してきた宏樹を元気づけてくれた。生きる気力さえ失いかけていた宏樹を救ってくれたのだ。

（桃香さん……）

顔を思い浮かべるだけで胸がせつなくなる。

昨日はフラれてしまったが、それでも宏樹の気持ちに変わりはない。桃香と過ごした時間が愛おしかった。

しかし、夢の時間はもうすぐ終わろうとしていた。今日で桃香ともお別れだ。今度いつ会えるかわからない。癒しの湯と札幌は三百キロ以上は離れている。簡単に行き来できる距離ではなかった。

いずれこの日が来ることはわかっていた。宏樹はたまたま訪れた客のひとりに過ぎない。せめて、桃香が覚えていてくれることを願っていた。

一階に降りると、フロントに勇治と桃香が立っていた。宏樹がチェックアウトするので、待っていてくれたのだろう。

「お世話になりました」

あらたまって挨拶すると、勇治がこっくりうなずいた。

「お気をつけてお帰りください」

厳めしい顔をした料理人だが、今日はいつになく穏やかな雰囲気だ。頭をさげると、名刺を差し出してきた。

「これはご丁寧に、ありがとうございます」

少なくとも勇治には嫌われてなかったようだ。

恐縮して受け取ると、勇治は桃香をチラリと見やり、あとはまかせたとばかりに調理室へ向かった。

もしかしたら、宏樹との間になにかあったと悟っているのではないか。そうでなければ最後まで客を見送るはずだ。なにより、桃香のことを見る目がやさしかった。きっと気を使ってふたりきりにしてくれたのだろう。

（勇治さん、ありがとうございます）

宏樹は心のなかで礼を言うと、桃香に向き直った。

この日の桃香は薄紫の着物に身を包んでいる。黒髪を結いあげており、しっとりとした若女将らしい雰囲気が漂っていた。

「桃香さん、あなたに助けていただかなかったら、今の俺はありません。本当にありがとうございました」

心をこめて礼を述べたつもりだ。

命を救ってもらったのは間違いない。それだけではなく、桃香のおかげで心が前向きになれたのだ。告白は断られたが、せめて最後は笑顔で別れたいと思っていた。

ところが、桃香は目も合わせてくれなかった。

「わたしはなにも……」

声は消え入りそうなほど小さい。

終始うつむき加減で表情も硬かった。心を閉ざしてしまったかのか、拒絶の意志さえ感じられた。

（もしかしたら……）

告白されたこと自体が迷惑だったのかもしれない。

桃香ほどの女性なら、客に言い寄られることも多いだろう。軽い気持ちで告白してくる男に嫌気が差しているのではないか。

（違う……俺は本気で……）

決して軽い気持ちではない。かつて経験したことがないほど熱い気持ちが湧きあがっている。

「必ず会いに来ます」

思わず口走っていた。

「桃香さんが俺のことをどう思っているかはわかりません。でも、俺は本気で桃香さんのことを思ってるんです」

よけいなことは言わないほうがいい。さらに拒絶されるかもしれない。頭の片隅ではそう思っても、こみあげるものを抑えられない。

「仕事もどうなるかわからない身で、こんなことを言うのは無責任と感じるかもしれない。それでも、好きなものは好きなんです」

語り出したらとまらなくなってしまう。思いの丈を一気にぶちまけた。

桃香はうつむいたまま顔をあげようとしない。唇を引き結んで、ひと言も発しなかった。

「とにかく……落ち着いたら、客としてまた来ます」

へこたれそうになるが、それでも宏樹はつぶやいた。

桃香は女将夫婦に恩義があるので、住みこみで働きつづけるだろう。女将は持病の腰痛が悪化して動けないという。今、桃香が辞めてしまったら、癒しの湯は立ち行かなくなる。桃香がそんな不義理をすると思えなかった。

「迷惑だったら言ってください。そのときは……」

途中で言葉を濁した。

きっぱりあきらめられるはずがない。これほど人を好きになるのははじめての経験だ。どうしても、桃香といっしょにいたかった。

「札幌に帰ります」

宏樹は会計を済ませると、最後にもう一度頭をさげた。

「じゃあ……」

軽く手をあげる。だが、やはり桃香はなにも言ってくれなかった。

後ろ髪引かれる思いで背中を向けた。桃香はどんな顔をしているのだろう。しつこい客がやっと帰って、ほっとしているのではないか。見るのが怖くて振り返れなかった。

外に出ると、冬の冷気が体を包みこんだ。

「寒っ……」

思わず声に出してつぶやくが、吹雪よりはずっとましだった。十二月にしては暖かいほうだろう。

ふと見あげれば、冬の青空がひろがっていた。

札幌に帰れば、いやなこともたくさんあるはずだ。そのときは、この青空と桃香の笑顔を思い出そうと心に決めた。

車の運転席に乗りこみ、エンジンをかける。

（さようなら……）

心のなかで別れを告げてアクセルを踏みこんだとき、バックミラーに動くものが見えた。

「えっ？」

慌ててブレーキを踏みこんだ。雪道でタイヤが少し滑ったが、車はすぐに停車した。

「待ってください」

声が聞こえる。運転席の窓ごしに桃香の姿が見えた。

悲痛な表情を浮かべている。ハアハアと息を切らしながらも見つめてくる。瞳には涙がいっぱいたまっていた。

いったい、なにがあったのだろう。不思議に思いながら窓を開ける。

「どうかしたんで――」

最後まで言いきる前に唇が重なってきた。

唇の表面がそっと触れるだけの軽い口づけだ。それでも、宏樹の胸は一気に熱くなった。

「迷惑なんかじゃありません」

桃香が訴えかけるようにつぶやいた。

一瞬、なにを言っているのかわからない。すると、彼女は再び唇を重ねて、こらえきれない涙をこぼした。

「やっぱり、わたし田辺さんのこと……また、お会いできますか？」

「は、はい……」

とまどいながら返事をする。ところが、桃香は不安げな顔で見つめていた。

「本当に？」

念を押すように尋ねてくる。

悪い男に騙(だま)されたことで、恋することに臆病になっていたのかもしれない。もしかしたら、懸命に気持ちを抑えていたのではないか。そう考えると、先ほどまでの態度も納得がいく。

「少し時間はかかるかもしれませんが、必ず会いに来ます」

宏樹はきっぱり言いきった。

車から降りて抱きしめたい衝動に駆られる。だが、それは再会したときにとっておく。ふたりの気持ちは深いところでつながっている。どんなに離れたとしても、必ず引き寄せ合うと思いたかった。

「冷えますよ。戻ってください」

宏樹が声をかけると、桃香は指先で涙を拭いながらうなずいた。

しかし、その場から動こうとしない。きっと宏樹が走り去るまで、ここに立っているだろう。

「じゃあ、また……」

「はい……」

さようならは言わない。

必ずまた会える。そう信じて、車を発進させた。

バックミラーに映る桃香の姿がどんどん小さくなる。右手を振っていたが、やがて涙を拭うのがわかった。

（必ず……必ず戻ってきます）

心のなかで何度もくり返した。

宏樹も溢れるものをこらえきれなかった。それでも、しっかり前を向いて、いつもよりほんの少し強くアクセルを踏みこんだ。

2

年が明けた一月のとある土曜日――。

宏樹は約一カ月ぶりに癒しの湯へ向かっていた。

道路の周辺は雪がたくさん積もっている。先月よりもさらに雪深くなっている印象だ。しかし、今回は天気予報をしっかりチェックしてきた。吹雪に遭うことはまずないだろう。

坂道を慎重に登っていくと、やがて懐かしい建物が見えてきた。

車を駐車場にとめて、いったん気持ちを落ち着かせる。彼女はどんな顔をするだろう。この期に及んで怖くなる。

（もし……拒絶されたら……）

考えると足がすくんでしまう。

この一カ月、再会することを励みにがんばってきたのだ。きっと喜んでくれると自分に言い聞かせた。

時刻は午後三時になるところだ。

意を決して、運転席のドアを開けようとしたまさにそのとき、癒しの湯の正面玄関に人影が見えた。

宏樹は思わず息を呑んだ。偶然にも彼女は最後に見たときと同じ、薄紫の着物に身を包んでいる。驚いた様子で口もとに手をやり、やがてこちらに向かって走ってきた。

宏樹も車から降りて走り出す。足もとが雪で滑るが、一刻も早く彼女に触れたかった。

「桃香さんっ」

目の前まで来ると、もう我慢できない。涙を浮かべている桃香を、いきなり抱きしめた。

「田辺さん、どうして――」

桃香がなにか言いかけるが、激情のままキスで唇をふさいだ。

ここではいけないと頭ではわかっている。誰に見られるかわからないのだ。だが、どうしても自分を抑えられない。勢いにまかせて舌を差し入れると、桃香も舌を伸ばしてからめてくれた。

ふと一カ月前のことを思い出す。

あのときは、桃香に触れることなく、この駐車場で別れた。あのつらい別れがあったからこそ、喜びが倍増する。熱い抱擁を交わして、舌を強く吸い合うことで、再会の喜びを嚙みしめた。

「どうして……」

唇を離すと、桃香が同じ質問を投げかけてくる。

彼女が驚くのも当然だ。今日、宏樹が来ることを彼女は知らなかった。驚かせるつもりで、宿の予約は勇治を通して行ったのだ。

一カ月前にもらった名刺の裏に、勇治の携帯番号が手書きしてあった。勇治はこうなることを、最初から予想していたのかもしれない。サプライズを考えていると話したら、快く協力してくれた。

「もう……全然、気づかなかったわ」

桃香は嬉し涙で頬を濡らしている。宏樹も思わずもらい泣きしそうになり、ギリギリのところで懸命にこらえた。

「とにかく、お部屋に行きましょう」

桃香に案内されて部屋に向かった。

「あれ？」

宏樹は思わずとまどいの声を漏らした。

ふたりは客室に入っている。宏樹は座布団の上で胡座をかき、桃香は正座をしていた。

「これって……」

宏樹は首をかしげて桃香を見やった。

テーブルに湯飲みがふたつ置いてある。スリッパや浴衣、タオルなどもすべて二組、用意されていた。一名で予約したのだが、勇治が間違えて桃香に伝えたのだろうか。

「勇治さんが、二名だって言うから……」

なぜか桃香の顔がまっ赤になっている。

どうやら、勇治が気を使ったらしい。二名というのは、宏樹と桃香のことだろう。もちろん、宏樹は大歓迎だが、桃香は仕事があるはずだ。

「俺はうれしいけど、桃香さんは忙しいんでしょう?」

「お正月明けでお客さんが少ないんです。女性ふたりでいらっしゃった方がひと組だけです。それに……わたし、本当は今日、お休みなんです」

「えっ、休み?」

意味がわからず聞き返す。

女将が腰痛で動けないため、癒しの湯は実質、若女将の桃香と料理人の勇治がふたりで切り盛りしている。桃香が休むわけにはいかないはずだ。

「じつは、女将さんの腰が治って、仕事に復帰できたんです。それで、勇治さんが勝手に休日を入れて……」

桃香が困惑した様子で語りはじめた。

「でも、わたしは女将さんに無理をさせたくなくて働いていたんです。そうしたら、さっき勇治さんに怒られてしまいました。お客さんがチェックインしたら、もう今日はあがれって」

その客というのが宏樹だったというわけだ。

「へえ、あの勇治さんが……」

厳めしい顔が脳裏に浮かぶ。無口で職人肌の勇治が、そこまで桃香のことを考えているとは意外だった。

女将夫婦には子供がいないので、やはり桃香を実の娘のように思っているのだろう。きっと心から幸せを願っているに違いない。そういうことなら、なおさら宏樹も真剣に向き合わなければならなかった。

「じゃあ、今夜はいっしょにいられるんですか?」

「はい。田辺さんさえよろしければ」

桃香が恥ずかしげにつぶやいた。

「やった」

思わずつぶやくと、桃香がうれしそうに笑ってくれる。この笑顔を見るために今日までがんばってきた。本当に来てよかったと心から思えた。

抱きしめたくなるが、慌てることはない。今夜はいっしょに過ごせるのだ。この状況で桃香に触れたら歯止めがきかなくなる。その前に話しておかなければならないことがあった。

「俺からも報告することがあります」

宏樹が切り出すと、桃香が居住まいを正した。

「じつは関連会社へ出向になりました」

事実を淡々と告げる。桃香は不安げな表情を浮かべるが、それでも小さくうなずいた。

「場所は足寄町です」

宏樹はこみあげてくるものを抑えて、勤務地を口にする。彼女の反応を見るまで平静を装いたかったが、最後のほうは口角があがってしまった。

「足寄町……」

桃香は復唱するが、まだ状況が呑みこめていないらしい。呆気に取られたような表情で見つめ返してきた。

「ここから車で一時間ほどです。今日もアパートから来ました。これなら、日帰りも余裕ですね」

もうこらえきれず、笑みがこぼれてしまう。すると桃香の表情も、まるで花が咲くようにぱっと明るくなった。

「本当ですか？」

「ええ、本当です」

じつは、部長の黒田が気にかけてくれて、人事部に働きかけてくれた。その結果、宏樹の希望が聞き入れられたのだ。

（黒田さん、ありがとうございます）

こうして桃香と再会できたのも、黒田のおかげだった。

今にして思うと失礼な態度を取って申しわけなかったと思う。黒田は本気で宏樹のことを心配していた。不正にかかわっていないと信じていたからこそ、力になってくれたのだろう。

「これからは仕事が終わってからでも会えますよ」

「田辺さんっ」

桃香のほうから抱きついてくる。宏樹の首に腕をまわして口づけしてきた。

「うれしい。でも、いじわるですね。深刻そうな顔をするから、聞くのが怖かったです」

「俺、深刻そうな顔なんてしてましたか？」

「思いきり、してました」

宏樹が惚（とぼ）けると、桃香は拗（す）ねた子供のように頰をふくらませる。こんな表情を見せてくれたのははじめてだ。宏樹に心を開いてくれた証拠だろう。そのことがなによりうれしかった。

抱き合って口づけを交わしていると、それだけで心がほっこり温かくなってくる。ふたりはもともとひとつだったのではないか。本気でそう思えるほど、相性がぴったりだった。

桃香は心に深い傷を抱えている。宏樹も上司に裏切られたことを忘れられずにいる。それでも、愛する人といっしょなら心の傷は徐々に癒えていくだろう。ふたりが力を合わせれば、怖いものなどなにもなかった。

「あの、田辺さんにひとつお願いが……下のお名前で呼んでもよろしいでしょか？」

桃香が言いにくそうに切り出した。顔をまっ赤に染めて、もじもじしているのが可愛（かわい）らしい。

「も、もちろんいいですよ。俺もそのほうがうれしいです」

「では……ひ、宏樹さん」

緊張しているのか声が震えている。桃香は言い終わったとたん、照れ笑いを浮かべてうつむいた。

「なんですか、桃香さん」

名前で呼び合うことで、ふたりの距離がぐっと縮まった気がする。宏樹は自然と笑みを浮かべて答えていた。

「少し遅くなってしまいましたが、お誕生日プレゼントです」

桃香が背後から小さな包みを取り出して、そっと差し出してくる。

宏樹の誕生日が十二月だったことを覚えていたらしい。しかも、いつ会えるかわからないのに、桃香はプレゼントを用意していた。信じて待っていてくれたことが、涙ぐむほどうれしかった。

「ありがとうございます！」

思わず声が大きくなる。桃香に会えただけでも充分なのに、まさか誕生日プレゼントをもらえるとは思いもしなかった。

受け取った包みをさっそく開ける。

包装紙のなかから、ネイビーのパーカーが現れた。そして、パーカーの上には御守が置いてあった。

「これは……」

まず御守を取りあげる。白い布に包まれた開運の御守だ。

「宏樹さんのお仕事が上手(うま)くいくようにって、お願いしてきました」

桃香が頬を染めてつぶやいた。

「この御守が効いて、勤務地が近くなったんですね」

宏樹の言葉に桃香が照れ笑いを浮かべる。こんなやり取りが楽しくて仕方なかった。

「そのパーカーはわたしとおそろいです」

「ペアルックですか！」

さらに気分が盛りあがる。

これまでペアルックは一度も経験したことがない。街でペアルックのカップルを見かけると鼻で笑い飛ばしていたが、自分がやるとなると話は違う。早くこれを着て、桃香といっしょに歩きたかった。

「ありがとうございます。桃香さんとおそろいなんて感激です」

「ふふっ、おおげさですね。今度、これを着てお出かけしましょう。釧路(くしろ)か帯広に行きたいです」

桃香もうれしそうに笑ってくれる。宏樹にとって、彼女の笑顔がなにより最高のプレゼントだった。

抱きしめて押し倒したい衝動に駆られるが、もうすぐ晩ご飯の時間だ。お楽しみは、あとにとっておくことにした。

3

一階の広間で桃香といっしょに晩ご飯を食べると、部屋で一服してから温泉に向かった。

今日の男性客は宏樹ひとりなので、誰にも邪魔されずゆっくり入ることができる。内湯をとおりすぎて露天風呂に出ると、木桶でかけ湯をしてさっそく湯船に浸かった。

周囲を竹垣に囲まれた岩風呂だ。内湯のガラス戸ごしに漏れてくる明かりが、あたりを柔らかく照らしている。

（ああっ、最高だ……）

この露天風呂に入るのは約一カ月ぶりだ。竹垣の上に積もった雪を見て、はじめて来た日のことを思い出した。

あの日は吹雪いていたため、露天風呂は使えなかった。内湯で体を洗おうとしていたとき、桃香が来て背中を流してくれたのだ。そして、濃厚なおもてなしを受けた。

(まさか、今日はないよな)

期待している自分に気づいて苦笑する。

晩ご飯を食べたあと、桃香は念のため女将の様子を見てから風呂に入ると言っていた。今ごろ女湯に向かっているころではないか。

宏樹は湯に浸かったまま、大きな岩に寄りかかって伸びをした。

(今夜は久しぶりに……)

考えるだけでペニスがむずむずしてくる。

同じ部屋に泊まるのだから、なにもないわけがない。もちろん、桃香もそのつもりでいるに違いない。露天風呂でひとりニヤけていると、ガラス戸の向こうに人影が見えた。

「も……桃香さんっ」

次の瞬間、宏樹は思わず声をあげていた。

ガラス戸を開いて露天風呂に現れたのは桃香だった。しかも、裸で白いタオルを身体の前面にあてがっただけの姿だ。

黒髪を結いあげて後頭部でまとめていた。乳房にあてがったタオルが垂れさがり、かろうじて股間を覆い隠している。腰のくびれた曲線も尻のまるみも剝(む)き出しだった。

「お邪魔してもよろしいですか？」

桃香は恥ずかしげに尋ねてくると、宏樹が答える前から楚々(そそ)とした足取りで歩み寄ってきた。

「も……もちろんです」

宏樹が答えると、桃香は微(かす)かに微笑(ほほえ)んだ。

男性客は宏樹だけなので、誰かに見られる心配はない。とはいっても、大胆なことをするものだ。普段は淑(しと)やかなのに、ときどき思いきったことをする。だからこそ、桃香は魅力的なのだろう。

タオルの上から乳房と股間を両手で押さえて、内股ぎみに歩いてくる。そして、浴槽の前でしゃがみこんで片膝をつくと、木桶でそっとかけ湯をした。白い肩に湯をかけて、タオルが瞬く間に濡れていく。

タオルが肌に貼りつき、乳房の形がくっきり浮かびあがる。股間が黒っぽいのは陰毛が透けているからだ。

「失礼します」

桃香は立ちあがると、つま先を湯に浸けた。

タオルを取りながら湯船のなかでしゃがみこむ。すぐに肩までしっかり湯に浸かったので、裸体を拝むことはできない。それでも、しゃがんだまま近づいてくると、湯のなかで揺れる乳房と陰毛がまる見えだった。

桃香がすぐ隣に来てくれる。肩と肩がそっと触れ合い、ますます気分が盛りあがった。

「桃香さんと露天風呂に入れるなんて夢みたいですよ」

照れ隠しにおどけて言うが、桃香は頰を染めながら神妙な様子でこっくりうなずいた。

「わたしもです……」

その横顔がやけに色っぽくて、胸の鼓動が速くなる。見ていると我慢できなくなりそうで、慌てて視線をそらした。

「学生のころ、オンネトー温泉に行ったことがあるっておっしゃっていましたよね。温泉がお好きなんですか？」

桃香も緊張しているのかもしれない。こちらを見ることなく話しはじめた。

「学生のころ、バイクで道内の温泉地をめぐってたんです」

「わたしも学生のとき、オートバイに乗っていたんですよ。ヤマハのルネッサっていう250ccです」

それは意外だった。桃香がオートバイにまたがっている姿は想像できない。でも、共通点が見つかるたび、この人こそ運命の女性だと思えた。

「桃香さん……」

もうこれ以上、気持ちを抑えられない。

肩にそっと手をまわせば、桃香も潤んだ瞳を向けてくれる。顎を少し持ちあげると睫毛を伏せた。

桃香もその気なら遠慮することはない。唇を重ねて舌を差し入れていく。すると、彼女も舌を伸ばして、からみつかせてきた。

「はンンっ、宏樹さん」

桃香が鼻を鳴らしながら舌を吸ってくれる。宏樹の口に舌を挿れてくると、頬の内側や歯茎、上顎を愛おしげに舐めまわしてきた。

（ああっ、桃香さん……）

最高の露天風呂に浸かり、心から想っている女性と口づけを交わしている。これ以上ない贅沢に、宏樹のテンションはどこまでもあがっていく。

湯のなかで乳房に手のひらをあてがった。桃香がいやがる素振りを見せないので、そのままゆったり揉みあげる。温泉で温まった乳房は、ますます柔らかくなっていた。

乳房に指をめりこませるたび、桃香の呼吸が乱れていく。こってり揉みしだいてから、湯のなかで揺れる乳首をそっと摘まみあげた。

「あンンっ」

ディープキスをしたまま桃香が甘く呻く。女体がブルッと震えて、眉がせつなげな八の字に歪んだ。

そのまま乳首を転がせば瞬く間に硬くなる。指を跳ね返すほどの勢いで充血して、明らかに感度も高まった。指先でクニクニと刺激するたび、女体に震えが走り抜けた。

「あっ……あっ……」

桃香は唇を振りほどくと、切れぎれの喘ぎ声を漏らしはじめる。女体に火がつくのは思った以上に早かった。

もしかしたら、期待していたのかもしれない。彼女もひとつになることを望んでいたのではないか。

（そうか、そういうことなら……）

行き着くところまで行くまでだ。

双つの乳房を交互に揉んで、硬くなった乳首をたっぷり刺激する。そして、いよいよ下半身へと手を伸ばしていく。ワカメのように揺れている陰毛に触れると、ぴったり閉じた内腿のつけ根に指を潜りこませた。

「あっ……ダ、ダメです」

桃香が反射的に口走る。もちろん、本気でいやがっているわけではない。潤んだ瞳が「もっと」と語っていた。

「ここ、トロトロになってますよ」

宏樹の指先が股間の柔らかい部分に到達する。それが女陰であるのは間違いない。やさしく撫でまわして、恥裂の狭間に右手の中指を沈みこませた。

「あンっ、入っちゃいます」

彼女が言うとおり、いとも簡単に入っていく。ゆっくり押し進めて、中指を根元まで挿入した。

「入っちゃいましたね。動かしていいですか？」

膣襞（ちつひだ）がからみついてくるが、構うことなく出し入れする。ゆったりした動きだが、それでも桃香は内腿を強く閉じた。

「ああッ、ま、待ってください」

「いやですか？」

指を動かしながら顔をのぞきこむ。すると、桃香は困り顔になり、首を小さく左右に振った。

「い、いやじゃないです。でも……」

「でも、なんですか？」

「我慢できなくなっちゃいます……はあンっ」

色っぽい顔でそんなことを言われたら、宏樹のほうが我慢できなくなってしまう。すでにペニスは湯のなかで完全に勃起している。雄々しくそそり勃（た）ち、カリは兜（かぶと）のように張り出していた。

「桃香さんとひとつになりたい」

膣に指を挿れたまま語りかける。至近距離から見つめると、彼女の瞳がますます潤んだ。

「わたしも……宏樹さんとひとつになりたいです」

桃香も気持ちを伝えてくれる。

宏樹は彼女の手を取って立ちあがった。

そして、湯船を形作っている岩のひとつに腰かける。上面が平らになっており、寝そべることができるほど大きな岩だ。宏樹は脚だけ湯に浸けた状態で、桃香を後ろ向きにして前に立たせた。

「そのまま俺の上に座ってください」

両手を彼女の腰に添えて語りかける。すると、宏樹がやろうとしていることを悟ったらしく、桃香が恥ずかしげな瞳で振り返った。

「やらないとダメですか？」

「お願いします。どうしても、桃香さんとこの格好でつながりたいんです」

宏樹が懇願すれば、心やさしい桃香は断れない。中腰になり、自分の脚の間から手を伸ばして太幹をつかむ。そして、亀頭を膣口へと導きながら、腰をゆっくり落としてきた。

「あンっ、硬い……あッ……ああッ」

ペニスが膣のなかに沈みこんでいく。逆ハート形の大きな尻が下降して、サーモンピンクの女陰の狭間に入っていくのがまる見えだ。

「おおおッ」

たまらず快楽の呻きが溢れ出す。

露天風呂での背面座位だ。桃香は尻を完全に落として、そそり勃ったペニスを根元まで呑みこんでいる。宏樹の膝に両手を置き、脚を大きく開いて太腿をまたいでいた。

「動いてください」

くびれた腰を撫(な)でまわして声をかける。すると、桃香はくすぐったそうに濡れた女体をよじらせた。

「はああンっ、こんな格好、恥ずかしいです」

口ではそう言いながら、さっそく尻をゆったりまわしはじめる。根元まで埋まった男根が、媚肉(びにく)でクチュクチュと咀嚼(そしゃく)するように刺激された。

「こ、これは……くううッ」

粘るような腰の動きが、次から次へと快感を生み出している。膣襞が波打つように蠢き、太幹にからみついていた。

「す、すごく気持ちいいですよ」

「わたしもです……あああンっ」

腰の動きが回転運動から前後動に変化する。尻を擦りつけるように動かし、濡れそぼった膣のなかでペニスが揉みくちゃにされた。

「ううゥッ、す、すごいっ」

受け身のままだと、すぐ耐えられなくなってしまう。宏樹は両手を前にまわして、双つの乳房をこってり揉みあげた。

「ああっ、今はダメです……あああンっ」

桃香が抗議するように振り返る。その声を無視して乳首を摘まみ、こよりを作るように転がした。

「ンンンっ、ダ、ダメぇっ」

口では「ダメ」と言いながら、腰の動きは加速している。膣も締まり、男根を思いきり絞りあげてきた。

(くおッ、や、やばい……これはやばいぞ)

射精欲が盛りあがっている。そろそろ攻守交代をしないと危険だった。

「桃香さん、ストップです」

宏樹は慌てて彼女の腰を持ちあげると結合を解いた。

自分だけ先に達してしまうのは格好悪い。久しぶりに交わったのだから同時に昇りつめたかった。

「あっ……どうして？」

桃香が不満げにつぶやくが、反り返った男根を目にすると息を呑んだ。露（あらわ）になったペニスは、愛蜜にまみれて濡れ光っている。亀頭は張りつめて、カリが鋭く張り出していた。

「ああっ、逞（たくま）しいです」

「今度は俺が感じさせてあげます」

位置を入れ替えると、彼女を岩に座らせる。そして、脚を大きく割り開き、愛蜜を滴らせている女陰を露出させた。

桃香は両手を背後につき、股間を突き出すような格好だ。

濡れた陰毛が恥丘に貼りついているのも卑猥（ひわい）で、宏樹は鼻息を荒らげながら亀頭を膣口に押し当てた。そのまま体重を浴びせるようにして、女壺のなかに埋めこんでいく。

「あああッ、い、いいっ」

とたんに桃香の唇から喘ぎ声がほとばしった。

亀頭が収まると同時に膣道が締まり、結果としてカリが膣壁にめりこんだ。その状態でさらに押しこめば、女壺がビクビクと痙攣（けいれん）した。

「あひッ、こ、擦（す）れちゃうっ、あひいッ」

桃香の反応は凄（すさ）まじい。ヒイヒイ喘いで岩の上で仰（の）け反（ぞ）った。

やはり顔が見える状態のほうが興奮する。それは彼女も同じらしい。濡れた瞳で宏樹の目をまっすぐ見つめて、誘うように腰を揺らしていた。

「これが欲しいんですね……ふんッ！」

根元まで押しこんだペニスを、さらに強くえぐりこませる。亀頭が膣の深い場所まで到達して、彼女の下腹部が艶（なま）めかしく波打った。

「あううッ、ふ、深いですっ」

今にも泣き出しそうな顔で訴えてくる。その顔が色っぽくて、無意識のうちにピストンを開始していた。

「ううッ……す、すごく締まってますよ」

「そ、そんなこと……ないです」

「本当ですよ。ほらほらっ」

今度は意識的に力強く腰を振る。カリで膣壁をえぐるようにして男根を出し入れした。

「ひああッ」

「おおッ、また締まってきた」

「ああンっ……言わないでください」

どうやら自覚があるらしい。桃香は涙目になって腰をよじりながら、両手を伸ばしてくる。

宏樹は前かがみになって女体を抱きしめると、抽送速度をアップさせた。膣の深い場所を集中的に擦りあげる。それと同時に、亀頭を膣道の行きどまりに何度もぶち当てた。

「ひああッ、お、奥ばっかりっ」

「やめますか?」

「や……やめないで、もっとしてください……あああッ」

自分の言葉に興奮したのか、桃香の喘ぎ声が大きくなる。女体も敏感に反応して、膣道全体が激しくうねった。

「じゃ、じゃあ、遠慮なくいきますよ……くおおおッ」

宏樹は唸りながらラストスパートの抽送に突入した。

胸板と乳房を密着させた状態で、思いきり腰を振りまくる。男根を奥の奥まで突き込み、カリで膣壁をえぐりまくった。

宏樹の足もとで湯がチャプチャプ弾けている。そして、ふたりの結合部分からも愛蜜と我慢汁のまざり合った淫らな音が響いていた。

「あああッ、も、もう、もうダメぇっ」

桃香が切羽つまった喘ぎ声をあげて、両手両足で抱きついてくる。宏樹の背中に爪を立てると、腰の後ろで足首をフックさせた。

「おおおッ……おおおおッ」

彼女が感じているとわかるから、ますますピストンに熱が入る。もう限界が近づいているが、雄叫びをあげながら腰を振り立てた。

「はあぁッ、は、激しいっ、あああぁッ」

もう桃香は喘ぐだけになっている。岩の上で仰向けになり、宏樹のピストンに身をまかせていた。

「も、桃香さん、俺、もうすぐ……くおおおッ」

「あああッ、わ、わたしも……もうイッちゃいそうですっ」

桃香が頰を寄せてささやき、耳たぶを甘嚙みする。それが引き金となり、絶頂の大波が押し寄せてきた。

「おおおおッ、で、出るっ、桃香さんっ、くおおおおおおおッ！」

ペニスを激しく律動させながら、ついに獣のような雄叫びを響かせる。できるだけ深くまでたたきこみ、沸騰した精液を思いきり放出した。

「おおおッ、ぬおおおおおおおおおッ！」

粘度の高いザーメンが、勢いよく尿道を駆け抜ける。凄まじい快感が突き抜けて、叫ばずにはいられなかった。

「はあああッ、い、いいっ、宏樹さんっ、イクっ、イキますっ、あああッ、あぁあああああああああッ！」

桃香のよがり泣きが露天風呂に響き渡る。宏樹の体にしがみつき、引きずられるように昇りつめていく。女体をガクガク震わせながら、ペニスをこれでもかと締めつけた。

「ひぃッ……あひいいいッ！」

彼女の股間から透明な汁がプシャアアッと飛び散った。膣に太幹を咥えこんだまま、潮を吹いたのだ。

「あああッ、す、すごい……あああッ、すごいです」

オルガスムスの嵐に巻きこまれて、桃香が譫言(うわごと)のようにくり返す。女壺は男根を締めつけており、小刻みに痙攣していた。

「き、気持ちいい……おおおッ」

宏樹もつぶやきながら、女体をしっかり抱きしめる。

もう、ふたりの間に言葉はない。脳髄が蕩(とろ)けて流れ出し、魂まで蒸発するような愉悦がひろがっていた。絶頂感が延々とつづいている。間違いなく、これまで経験したなかで一番の快楽だった。

「すごかった……です」

桃香はポツリとつぶやき、頬をまっ赤に染めあげた。

「うん、俺も……」

宏樹も同じ気持ちだ。見つめ合ってうなずき、彼女の肩を抱き寄せた。

ふたりは再び並んで湯船に浸かっている。こうして、ふたりきりで過ごす時間のすべてが輝いていた。

「桃香さん……好きです」

こみあげてきた気持ちを脚色することなく言葉にする。そのシンプルなひと言に様々な想いが集約されていた。

「急に、どうしたんですか？」

腕のなかから桃香が見あげてくる。キラキラ光る瞳には、驚きとうれしさが同居していた。

「ちゃんと言ってなかったから……」

「はい……わたしも、宏樹さんのことが好きです」

桃香も素直な気持ちを言葉にしてくれる。

しばらく無言で見つめ合う。だが、急に恥ずかしくなり、ふたり同時に照れ笑いを浮かべた。

「ずっと、いっしょにいてくれますか？」

遠慮がちなつぶやきだった。

「もちろんです。俺が一生、桃香さんのことを守ります」

宏樹は即答すると、女体をしっかり抱いて唇を重ねた。

甘い口づけがふたりの心をひとつに溶かしていく。湯のなかで指を組み合わせてしっかりつないだ。

「宏樹さん……うれしい」

桃香の瞳から涙が溢れて頬を伝い落ちる。

彼女の言動ひとつひとつが胸にじんわり染み渡った。

熱い想いがとめどなく湧きあがる。身も心も震えるほど愛おしい。桃香の存在そのものが、宏樹にとっては癒しだった。

本書は書き下ろしです。

実業之日本社文庫　最新刊

馳 星周
神(カムイ)の涙

アイヌの木彫り作家と孫娘の家に、若い男が訪ねてきた。男には明かせない過去があった。著者が故郷・北海道を舞台に描いた感涙の新家族小説！（解説・唯川恵）

は101

葉月奏太
癒しの湯　若女将のおもてなし

雪深い山中で車が動かなくなったとき、助けてくれたのは美しい若女将。男湯に彼女が現れ……。心と身体が蕩ける極上の宿へようこそ。ほっこり官能の傑作！

は610

前田司郎
園児の血

孤高の幼稚園児タカシは、仲間と共に園内の権力者クラトに闘いを挑む……！　鬼才・前田司郎による、恐るべき子供の世界を描いた2編。（解説・森山直太朗）

ま41

南 英男
警視庁極秘指令

柔肌を狩る連続猟奇殺人の真相を暴け！　初動捜査で解決できない難事件に四人の異端児刑事が集結。極秘捜査班の奮闘を描くハードサスペンス、出動！

み717

谷崎潤一郎、吉行淳之介ほか
猫は神さまの贈り物〈エッセイ編〉

猫との日常には、いつも新たな発見がある。文豪たちが描く、ほほえましく、時に笑ってしまうような猫の生態を味わうエッセイ集。（解説・角田光代）

ん92

実業之日本社文庫 は610

癒し(いや)の湯(ゆ)　若女将(わかおかみ)のおもてなし

2020年12月15日　初版第1刷発行

著　者　葉月奏太(はづきそうた)

発行者　岩野裕一
発行所　株式会社実業之日本社
〒107-0062　東京都港区南青山5-4-30
CoSTUME NATIONAL Aoyama Complex 2F
電話［編集］03(6809)0473［販売］03(6809)0495
ホームページ　https://www.j-n.co.jp/
DTP　ラッシュ
印刷所　大日本印刷株式会社
製本所　大日本印刷株式会社

フォーマットデザイン　鈴木正道(Suzuki Design)

ISBN978-4-408-55636-9（第二文芸）